人生の節目で読んでほしい短歌

永田和宏 Nagata Kazuhiro

NHK出版新書
456

はじめに

私が初めて短歌に出会ったのは、高校二年の時でした。見よう見まねで二首作って新聞に投稿したりもしましたが、本格的に歌を始めたのは、大学に入ってから。大学短歌会と、同人誌と、そして結社誌の三つに同時に参加し、大学時代は、文字通り歌にのめり込んでいたと言っても過言ではありませんでした。それから、もう四五年以上も歌を作り続けてきたことになります。人生の三分の二以上の時間、茫然《ぼうぜん》とするほどの時間を歌とともに過ごしてきました。

なぜ作るのかという理由などほとんど考えずに、ただ作ってきたというのが正直なところですが、さすがにこれだけの期間にもなると、なぜ飽きもせず営々と作り続けてきたのか、おぼろげながらも了解されるところがあります。

私は何を詠ってきたのか？　そして、何を詠いたかったのか？

端的に、それは〈時間〉であった、と言いたいと思うのです。私がもったその時どきの時間。私にしか体験できなかったその時どきの時間。

誰にも一瞬一瞬の時間があり、それが堆積して人生という時間になってゆきます。はじめから人生という一定の、あるいは決まった時間があるのではなく、自分のもった時間の堆積が結果的に人生という時間を作ってゆくのです。

しかし、そうした一瞬一瞬の時間は、自ら意識しないと、ただ漫然と流れてゆき、記憶の奥深くしまいこまれて、やがて風化してゆくだけのものになってしまいがちです。過ぎ去った時間は、すぐにほかの時間のなかにもぐりこんで隠れてしまおうとする。

「いま」「ここ」にいる私は、これまでの時間の連続の上にある〈私〉であり、これまでの時間を外しては現在の〈私〉は存在し得ません。それなのに自分を形成してきた過去の時間が失われてしまうとしたら、こんな怖ろしいことはないのではないでしょうか。現在の〈私〉に自信がもてなくなってしまう。初期の認知症の患者さんのいちばん大きな不安は、思い出せないということによって、現在の〈私〉の居場所をしかと確認できないところにあるのだと聞いたことがあります。

「時間の錘《おもり》」ということを言い出したのは永田紅《ながたこう》ですが、私はいい言葉だと思っています。歌を一首作るということは、その時間に錘がつくということです。

歌を作ったことのある人なら誰でも経験のあることでしょうが、生活のなかで歌を作ることによって、その時間がほかのどの時間とも違って、特別な意味をもつようになる。それが歌を作るということであります。

もう一つ大切なことは、歌を作るということは、どんな場合にも〈現在の私〉を詠うことにほかならないということ。どんなに過去のできごとを詠っても、過去の思いや回想を詠っても、歌では、その過去に思いを致している〈現在の私〉を詠っているのです。〈現在の私〉と繫がっていない歌には、ほとんど何の魅力もありません。どんな過去の回想を詠っている場合も、一首の歌のなかには、否応なく、その時どきの作者、もっと正確に言えば、歌を作っている時点の作者がくっきりと刻みつけられます。

そんなふうにして、私はほぼ五〇〇〇以上の時間と、五〇〇〇以上のその時どきの私の顔を、五〇〇〇首以上の歌として残してきました。

そのようにして作られた一首一首の歌のなかには、その一瞬一瞬の〈時の断面〉が輝いているはずなのです。本書では、そのような〈時の断面〉を掘り進みながら、私たちにとっての〈時間〉はどのような位相を見せてくれるものかということに思いを致し、紹介していければと思っています。

ここに紹介されているさまざまの〈時の断面〉は、決して特殊なものではありません。誰にも同じように起こるものであり、誰もが同じように体験するはずの時間や出来事であるはずです。そんなさまざまの人たちにおける〈時の断面〉を、ぜひご自分の人生のそれぞれの場合を思い浮かべながら読んでいただきたいと思います。自分と同じような体験を、そんなふうに捉えていたのか、そんなふうにして乗り越えようとしていたのか、などと感じることもあるでしょう。あるいは、それはまさに自分が感じたのと同じだけれど、自分はそのようには表現できなかったと感心することもあるかもしれません。

人の歌を読むことによって、自分ひとりだけでは到底経験できなかったような、人生時間に対する対処の仕方を目の当たりにすることができます。古典和歌の時代から近現代の短歌に至るまで、多くの先人たちの貴重な感性の記憶が残されています。それらをいながらにして追体験できるとしたら、なんて豊かなことなのでしょう。

誰もが体験するような人生の時間のなかで、歌に詠われた〈時間〉がどのように多様で、しかも豊かなものであるかを、ご自分で味わってみていただきたいと願っています。

人生の節目で読んでほしい短歌　目次

＊本書は、ＮＨＫテレビテキスト『ＮＨＫ短歌』（平成二五年四月号〜平成二七年三月号）の掲載記事に、書き下ろし原稿を加え、大幅な加筆、修正を行ったものです。
＊ＪＡＳＲＡＣ 出 一五〇一九七四‐五〇一

編集協力　鈴木さとみ
校閲　神谷陽子
DTP　佐藤裕久

第一部 若かりし日々

恋の時間——サキサキとセロリ噛みいて

〈時の断面〉がもっとも鮮やかに刻まれるのが、恋の歌においてであることには、誰にも異論のないところではないでしょうか。あるいは身近な人の死を詠う挽歌においてもそうかもしれません。まず恋の歌から始めることにしたいと思います。最初から自分の歌を紹介することをお許しください。

あの胸が岬のように遠かった。畜生！　いつまでおれの少年

永田和宏『メビウスの地平』

恥ずかしいような若書きです。若い男性にとって、女性の胸は永遠の憧れと言ってもいいのかもしれない。恋人の胸に触れたい、しかしそれは「岬のように遠かった」。ああ俺はいつまで子供なのだと自己嫌悪に陥《おちい》っている。そんなだらしない歌です。

しかしこれもやはり人生でたった一度きりの時間であることは間違いありません。誰にも経験のある悔しい、そしてある時間が経つと懐かしい思いでしょうが、そんな一度きりの若い時期にしか作れない歌を残せたことを、今はありがたいことだったと思っています。まことに時間は一瞬のうちに過ぎ去って、次の瞬間には、もう二度とそれを手に摑《つか》むことはできない。青春の、恋の時間ほど、〈一回性〉という性格の際立つものはないのかもしれない。

この一首を含む、私の第一歌集『メビウスの地平』はちょっと特異な歌集であったのかもしれません。「あとがき」も、解説も帯も、何もなく、ただ歌が二百数十首並んでいるだけ。まことにそっけない歌集であります。歌集は、あるいは歌人は、歌だけで評価されるべきであり、くだくだしい「あとがき」などをつけるのは見苦しいという、まことに自分でもあきれるほど、若さゆえの一途な思い込みの強く出た一冊でした。しかも、歌は厳選すべきとうそぶいて、それまでに作っていたものの三分の一ほどしか収録しませんでした（これは今では後悔しています）。

『メビウスの地平』は、また相聞歌《そうもんか》の多い歌集として、当時の多く出た若手歌集のなかでもちょっと特殊であったかもしれないと思います。意識して相聞歌を作ろうとしたわけではなく、それは、幸運にも生涯の伴侶となる女性に巡り会って、己の関心の中心がその女性に向かう以外なかったからという単純な理由にほかなりませんが、それでも一冊のほとんどが相聞歌というのは大いに珍しいと言わなければなりません。

特に女性に多いと言えるでしょうが、歌を始める時期ということは意外に大きな意味をもっています。歌は、何歳で始めてもいいのですが、たとえば子育てが終わって、ちょっと手が空くようになったからカルチャースクールに通って歌を始めたという女性も多いかと思います。そんな方々が異口同音に訴えられるのは、「先生、私には恋の歌がないのが残念で、悔しくてたまりません」ということでした。歌はその時どきに詠うことはいっぱいありますが、その時にしか詠えないことのあることもまた確かなことです。恋の歌、相聞歌はその代表格であると言ってもいいかもしれません。

きみに逢う以前のぼくに遭いたくて海へのバスに揺られていたり

永田和宏『メビウスの地平』

出会うということはある意味決定的なことですが、この一首では、君に出会ってすっかり変わってしまった「ぼく」がいます。その変化はもちろん幸せなことであるには間違いないことですが、時には「きみに逢う以前のぼく」を想うことがある。もっとデスパレイト（絶望的）で暗い日々を過ごしていた自分。そんな自分にもう一度出会ってみたくて海へ、という歌であります。甘く、また寺山修司《てらやましゅうじ》の影響などの濃厚な一首ですが、私の初期の相聞歌のなかではもっともよく知られている歌なのかもしれません。

抱くとき髪に湿りののこりいて美しかりし野の雨を言う

岡井《おかい》隆《たかし》『斉唱《せいしょう》』

岡井隆は塚本邦雄《つかもとくにお》とともに、前衛短歌運動の中心として、同世代の歌人、あるいは若い学生歌人たちに絶大な影響を与えた作者ですが、その第一歌集『斉唱』にあるこの一首は、私の愛誦歌でもあります。

来嶋靖生《きじまやすお》のエッセイ「半世紀前の学生短歌」（「青磁社通信」第一七号、平成一九年）で知ったのですが、この一首の初出は、昭和二七（一九五二）年、東大、早大、慶應大などの学生が集まって開いていた合同短歌会で発表されたものとのことです。その時は「触れてゐる髪にしめりの残りゐて美しかりし野の雨を言ふ」となっていたそうです。歴史的仮名遣《づか》い（旧かな遣い）で書かれていたことのほかに、初句「抱《いだ》くとき」と「触れてゐる」の違いはどうでしょう。ここは明らかに改作がいいと私は思います。

「触れてゐる」なら、手は髪に触れながらも、お互いは会話に意識を集中しているという雰囲気です。しかし、「抱くとき」となると、男は女性を抱きよせ、ふと髪の湿りに気づく。女性もその男の意識のかすかな振れに反応して、さっきまで見ていた野の雨の美しさを言ったのかもしれません。抱き合いながら、互いの腕のなかで別の時間と場所の想念を共有する、そんな場面が想像されます。擦《す》れ違いというのではないけれど、抱くという行為がさり気なく相対化されているようで、清潔な抱擁《ほうよう》の歌と感じられるのです。

この一首は、初期岡井隆による習作的な歌なのかもしれません。ほどなく塚本邦雄との運命的な出会いを経て、前衛短歌運動の中心に飛び込み活躍することになる岡井隆ですが、それ以後の岡井の歌とははるかな径庭《けいてい》を感じざるを得ません。しかし、作家の本質は、多くの場合、初期の習作的な作品に典型的に表れることも多く指摘されるところであります。前衛短歌期の岡井作品は、より激しい思いをぶつけるような作品になり、ある意味難解になり、より政治的になっていきますが、その基底を流れていたものは、まさにこの一首に示されていたような抒情性であっただろうと、私は思っています。

朝の階のぼるとつさに抱かれき桃の罐詰かかえたるまま

川口美根子《かわぐちみねこ》『空に拡がる』

だしぬけにぼくが抱いても雨が降りはじめたときの顔をしている

加藤治郎《かとうじろう》『サニー・サイド・アップ』

不意に抱きよせられた、あるいは抱きよせた時の歌。川口美根子の一首では「桃の罐詰かかえたるまま」に、思いがけない「とつさ」の出来事であったことが暗示されます。階段の途中、しかも桃の缶詰を抱えているのに、それごと抱きしめられてしまった。うれしい驚きであったことは間違いありません。

加藤治郎の一首に登場するのは、ちょっと脱力系の女の子という雰囲気でしょうか。男のほうは思い切って、「だしぬけに」抱きよせたのですが、その切羽詰まった思いとは裏腹に、女性のほうは、きょとんとして、あるいはぼおっと遠くを見るような視線で、「雨が降りはじめたときの顔」を見せていたと言うのです。拍子抜けというのではないでしょうが、男の動作を予期していたのか、そんなことは関係ないのか、不思議に魅力的な女性、（もっと端的に）若い女の子が目の前にいます。

川口の歌はいかにも典型的な若い男女の抱擁ですが、加藤の歌では、どこかちぐはぐ。川口美根子の歌には、近代短歌的な真面目さがあり、しかも抱く、抱かれるという関係が男女の別と添うような形で詠われている。ところが、加藤治郎の歌では、男は一生懸命なのに、それに応えてくれるはずの女性の反応とどうにも波長が合わずに戸惑っているという雰囲気でしょうか。これは作者の性別の差という以上に時代性の違いと言うべきでしょう。

サキサキとセロリ嚙みいてあどけなき汝《なれ》を愛する理由はいらず

佐佐木幸綱《ささきゆきつな》『男魂歌《だんこんか》』

水族館《アカリウム》にタカアシガニを見てゐしはいつか誰かの子を生む器《うつは》

坂井修一《さかいしゅういち》『ラビュリントスの日々』

佐佐木幸綱ら雑誌『心の花』に拠《よ》る若手歌人たちが、合同歌集を出したことがありました。若手歌人といっても男性歌人ばかり。じつに男臭い歌集であり、その名も『男魂歌』。もちろん「だんこんか」が別の響きを想定させることは織り込み済みの歌集名。

そんな男ばかりの集のなかで、佐佐木の一首はじつに爽やかな、まさに青年の歌。その頃、まだ京都の匂いの抜けない私などは、セロリなどというハイカラな野菜は喰ったことがなかった。そんないかにも都会風の野菜を健康な歯並びを見せて「サキサキと」嚙んでいる少女がいる。男は、その女性に対して、「汝《なれ》を愛する理由はいらず」と呟《つぶや》く。ここはむしろ高らかに宣言するという雰囲気です。自らの「現在」という時間をまるごと信じることのできた時代。その自信が、そのまま愛という局面にあっても、こせこせした理由などをいっさい必要としない言挙《ことあ》げとして愛の表白を促すというところでしょうか。

ちなみに「汝《なれ》」という呼び方は、私たちの時代までは普通でしたが、このごろは若い人の相聞歌でほとんど見かけなくなりました。「なれ」とも「な」とも使われていましたが、高圧的なニュアンスが嫌われて、もっと同じ高さでのもの言いが普通になってきたということでしょうか。「汝考」などという考察があってもおもしろいかもしれないなどと考えたりします。

坂井修一の歌になると、佐佐木幸綱のような自信に満ちた青年像は後退し、沈思しつつ、静かに見守るといった恋人との関係が映し出されています。

一緒に水族館へ行った。夢中にタカアシガニなどに見入っている恋人を後ろから見ながら、この女性は、「いつか誰かの子を生む」のだろうかと思う。その「誰か」が自分であってほしいとはもちろん思ったことでしょうが、ずいぶん冷静な思い方ではあります。幸綱のように「理由はいらず」と豪語するというのとは対極にあって、女性を見つつ、ああこの身体は、そのための「器」なのだと思い当たる。恋というよりは、これからの人生における女性を一瞬見てしまったという雰囲気でもありましょう。この違いは時代性か、それとも歌人間の個性かという問題も考えてみてもいいように思います。

夜道ゆく君と手と手が触れ合ふたび我は清くも醜くもなる

栗木《くりき》京子《きょうこ》『水惑星《みずわくせい》』

「また電話しろよ」「待ってろ」いつもいつも命令形で愛を言う君

俵《たわら》万智《まち》『サラダ記念日』

女性の側が男性にどう反応するか、その例を二つ。栗木京子は、夜道を連れ立って歩いているところでしょう。まだはっきりした恋人とも言えない淡い恋心。並んで歩いているとふと手が触れることがある。驚いて引っ込めたりもするのでしょうが、そんな「手と手が触れ合ふたび」、自分は「清くも醜くもなる」と詠います。相手の反応によって、自分はどんなふうにも染め分けられてしまうといった告白でしょうか。あなたがやさしければ清い女になれるけれど、意地悪をされたり裏切られたら、きっと醜い女になってしまうだろう、と言っているようです。実生活の具体も、苦しさもまだはるか遠くにある時代の恋の思いでしょう。

俵万智の一首では、相手の男性の性急さをやわらかくたしなめるように受け容れているという歌になっています。男は、自らの優位を示そうとするかのように、「また電話しろよ」とか、「待ってろ」とか、「いつもいつも命令形で」相手にものを言う。

そうだったよなあ、と私自身を振り返って苦笑いをするしかありませんが、若い男は恋人に対して自信がない。その裏返しとして、「命令形で」偉そうにものを言いたがる。突っ張っているのです。そんなことは同じ年頃の女性ならとうにわかっているわけで、「命令形で」言っているのは、愛の告白なのよねと軽く受け流しつつ、従っているのでしょう。偉そうにしないでよ、とは言わない。成熟度がそもそも違うのです。俵万智は、軽い口語文脈で一世を風靡《ふうび》した歌人という位置づけがなされていますが、若いだけでなく、たしかにものがよく見えていた女性であったと、歌を読みつつ思うことが多くあります。

ああ接吻《くちづけ》海そのままに日は行かず鳥翔《ま》ひながら死《う》せ果てよいま

若山牧水《わかやまぼくすい》『海の声』

近代の歌人のおおらかな恋の歌を紹介しておきましょう。若山牧水は、青春を詠いきって、早く没した歌人でしたが、ここでは恋の絶頂、恍惚《こうこつ》の一瞬を詠っています。海も太陽も、そして空を舞う鳥も、いまの今、そのままの状態で輝きのままに死に果ててしまえ、時間よ、この一瞬のままに永遠に止まっていよ、と呼びかけているようです。「ああ接吻《くちづけ》」は、さすがに現在ではちょっと詠えないと思わざるを得ませんが、切迫感の出た、切り口鮮やかな一首であります。これは恋人園田小枝子《そのださえこ》と千葉県根本海岸に滞在した折の一首。歓喜の雄たけびというに近い気もしますが、この大胆な一首にあっても、歓喜の一瞬を永遠にそこにとどめたい、定着してしまいたいという切なる希願だけはくっきり見えてくる。

灼《や》きつくす口づけさへも目をあけてうけたる我をかなしみ給へ
中城《なかじょう》ふみ子《こ》『乳房喪失』

中城ふみ子は、昭和二九（一九五四）年に、短歌研究社の第一回五十首詠（後に短歌研究新人賞）を「乳房喪失」で受賞し、一躍脚光を浴びました。離婚、乳癌《にゅうがん》、若い恋人との愛などを詠った奔放《ほんぽう》な歌は、大きなセンセーションを巻き起こすとともに、当時の歌壇（の一部）を辟易《へきえき》もさせた歌人でした。辟易したのは、女性はつつましやかで、控え目にといった男性上位の古い固定観念の側でしたが、この一首には、それらに対するもの言い、あるいは挑戦のような思いがあったと思われます。

歌の評価としては、初句「灼《や》きつくす」が大げさで浮き過ぎているところに難がありますが、下句には、あなたとの愛に溺《おぼ》れきってしまえない自分を客観的に見据えた視線があり、中城ふみ子という歌人の醒《さ》めた目を感じさせます。喜びの極みであるはずの、口づけの一瞬さえも、われを忘れてしまえない自分、目を開けて恋人の心を忖度《そんたく》していた自分を悲しんでくれと言うのでしょう。中城ふみ子は、愛と病を赤裸々に詠った歌人という定評がありますが、激しい思いをぶつけるとともに、常に内なる自分を確認せざるを得ないような悲しいつつましさともいうべき一面があり、それが彼女の歌に陰翳《いんえい》を与えていることに注意しておきたいと思います。

くちづけを離せばすなはち聞こえ来ておちあひ川の夜の水音

河野裕子《かわのゆうこ》『森のやうに獣のやうに』

こちらは目をつむって口づけを受けた歌。中城ふみ子が、挑むような表情で口づけを受けていたのは、年齢と病気による切羽詰まった焦りも大いに関係していたでしょうが、河野裕子のこの一首は、初めて口づけを受けた、その甘やかさの匂うような一首になっています。

世の中のすべての音から隔離されてしまったかのような二人だけの時間があって、その長い時間の後に、目がさめたように突然まわりの音が聞こえ始める。その瞬間を詠っています。「おちあひ川」というのは、ちょっとできすぎた名前の川ですが、これは河野の実家、滋賀県甲賀郡石部《いしべ》町（現在の湖南《こなん》市）に実在する川です。この一首は、河野裕子のデビュー作、角川短歌賞を受賞した「桜花の記憶」五〇首中のものです。

夕闇の桜花の記憶と重なりてはじめて聴きし日の君が血のおと

河野裕子『森のやうに獣のやうに』

先の歌の数首前にある一首。初めて「君が血のおと」を聴いた日、それは「夕闇の桜花の記憶」に重なると詠っています。初めてあなたに抱かれたのは、夕暮れ、桜の花の下だったということなのでしょう。

胸に抱かれて、ただその鼓動だけを聴いていた時間。ほんの短い時間であったはずなのに、記憶のなかでその時間は、抱かれていた女性には、はるか未生以前の時間の長さにもつながっていくような時間として刻まれていった。

さすがにこれらの歌を正面から鑑賞するのは、われながら恥ずかしい思いがしますが、この一首に詠われている「君」は私。私たちは「幻想派」という同人誌を創刊するということで集まり、初めて出会った時からお互い強く意識するようになりました。これらの一連が作られたのは、私たちが出会ってから二年後ということになりますが、詠われている事実は、出会いの一年ほど後だったかと思います。蛇足ですが。

珊瑚樹のとびきり紅き秋なりきほんたうによいかと問はれてゐたり

今野寿美《こんのすみ》『世紀末の桃』

花水木の道があれより長くても短くても愛を告げられなかった

吉川宏志《よしかわひろし》『青蟬《あおせみ》』

どちらも愛の告白の場面ととっておきましょう。今野寿美の歌では「ほんたうに（俺で）よいか」という男の念の押し方がおもしろい。女のほうは、なんで今さらそんな莫迦《ばか》みたいなことを訊くのよ、と思いながら、「とびきり紅き」珊瑚樹《さんごじゅ》にぼんやり視線を遊ばせているといった風情でしょうか。（実は私はこの男性を知っていますが！）男の必死さがじつにかわいい。

吉川宏志の歌では、若い男女二人が、花水木《はなみずき》の並木道を散歩しています。この並木が尽きるところまでには、必ず愛を告げようと、これもまた必死に思っているという歌です。このほほんと横を歩いている女性とは裏腹に、なんとか言いだそうと必死になっている男には、風景なんかは目に入らなかったことでしょう。並木道が「あれより長くても短くても」駄目だったというところに実感があります。ちょうどいい長さの並木道で、愛の告白は成功したに違いありませんが、純粋でひたむきな感情がそのままに感じられる歌になりました。誰にもそんな記憶の一つや二つはあるのでしょうが、そんな甘やかな記憶をそっと呼びさますような懐かしい一首であります。

「愛の歌」はいくつになっても作ることができます。しかし「恋の歌」は、ある時期にしか作れないのかもしれないと私は思っています。恋と愛の違いから言い出すと面倒なことになってしまいますが、同じ愛の思いでも、何も目に入らない時期のものと、周りのいろいろな状況がいやでも二人の間に意識されるようなある年齢を重ねた二人の愛の歌とでは、歌の佇《たたず》まいに大きな違いが生まれるのは止むを得ないところでしょう。

歌を作り始めるのが遅すぎて「私には恋の歌がない」と嘆かれる女性の多いことは先に

述べましたが、もちろん愛の歌はいくつになっても作ることができる。しかし、私が高校生なども含め、ことあるごとに若い人たちに言っているのは、「今しか作れない歌がある」ということです。若い人たちが短歌を知り、興味をもって、そんな時期だけの〈時間〉を大切に詠ってほしいものだと思わずにはいられません。

青春の日々——雨をひかりと

私の好きな曲に、岩崎宏美《いわさきひろみ》の「思秋期」があります。もちろんメロディがいいのですが、歌詞も気に入っている。なかに「青春はこわれもの　愛しても傷つき　青春は忘れもの過ぎてから気がつく」というフレーズが繰り返されていますが、こういう思いは、すでに青春と言われる時期を過ぎた者にとっては誰にも実感できる思いかもしれません。

短歌と青春というテーマは切っても切れないものだと思います。ある意味、短歌は青春の文学であるとも思うからです。私自身、これまで何度も青春の歌については書いたり話したりしてきました（拙著『近代秀歌』『現代秀歌』ともに岩波新書、などをご覧ください）。

過ぎゆきてふたたびかえらざるものを　なのはなばたけ　なのはなの　はな

村木道彦《むらきみちひこ》『天唇《てんしん》』

村木道彦は、昭和三九（一九六四）年、『ジュルナール律』というパンフレット形式の雑誌で、「緋の椅子」一〇首をもって、衝撃的なデビューをしました。そのなかには「黄のはなのさきていたるを　せいねんのゆからあがりしあとの夕闇」「めをほそめみるものなべてあやうきか　あやうし緋色の一脚の椅子」などの歌がありますが、ひらがな書きを多用し、青春のある一時期の、感性の微妙なさざなみを掬《すく》いあげるように詠ったのでした。

掲出歌にもその特徴はまぎれもなく表れています。「過ぎゆきてふたたびかえらざるもの」、それは時間であり、また青春そのものでもあるでしょう。そんな思いは誰にもあるものなので特殊なものではない。むしろ平凡と言ってもいい。しかし、この一首ではそんなある意味平凡な感慨が、下句で一転して緩やかなひらがなのリズムに転調することで、俄《にわ》かに切実な響きをもってくるということはないでしょうか。

「なのはなばたけ　なのはなの　はな」は普通に書けば「菜の花畑　菜の花の　花」。なんの変哲もないトートロジー（同義反復）に近い表現でしかありませんが、ひらがなで、かつ間《あいだ》を開けて、一語一語、口のなかで確かめるように発せられることによって、自分から去っていこうとしている、過ぎて戻らぬものへの強い思いが浮かび上がってくるように思われます。岩崎宏美の言うように「過ぎてから気がつく」、それが青春の本質なのかもしれません。

湖《みづうみ》も空も際《きは》なく青きゆゑ岸の草生に時過ぎにけり

高安国世《たかやすくによ》『Vorfrühling《フォアフリューリング》』

青春の歌は、また恋の思いと分かち難く結びついているものですが、高安国世のこの若書きもなぜ「岸の草生《くさふ》に時」が過ぎてしまったのかは、もちろん恋人と一緒にいたことが理由でしょう。何を話したわけでもないけれど、気がつけばもうだいぶ時間が経っていた。そんな経験は誰もがもっている。「二人ゐて何にさびしき湖《うみ》の奥にかいつぶり鳴くと言ひ出づるはや」（『Vorfrühling』）などの作品も同時期にあり、恋人の影は当然の如く寄り添っているとみるのが正解でしょう。

しかし、作者は時間が過ぎてしまった理由として「湖も空も際なく青きゆゑ」とわざわざ言っています。私自身は、恋人との時間の過ぎ行きの迅《はや》さがテーマと読みますが、いっぽうで、さして理由はないけれど、ただ茫然と時を過ごしているという、青春期特有のある種の解放感も色濃く流れているのかもしれません。昭和一一（一九三六）年、作者二三歳の作品です。

頬白も濡れてしずかに降りそむる雨をひかりと書きて伝えし
三枝昂之《さいぐさたかゆき》『水の覇権』

三枝昂之は昭和一九（一九四四）年生まれ、年齢的には私より少し上ですが、若い時から近い場所で活動してきたという思いが強く、まさに同世代の古い友人の一人であります。若い時期の三枝は、学生運動に深くかかわり、評論において同世代を引っ張る役割を果たしていました。

私自身は、学生時代、そして卒業後、東京で働いていた時代、三枝とは日常的によく会い、よく議論をし、そしてよく飲んでいた。新宿のゴールデン街などで、週に一度か二度は彼らと出会い、夜明け近くまで飲みながら、口角泡を飛ばして、（今から考えると）幼い議論をしていたものでした。

若き日の三枝昂之の歌は、どちらかといえば理の勝った硬質な抒情であり、裡《うち》なる政治的な主題をどのように詩的なメッセージとして伝えるかに腐心して成った作品が多かったように思います。時としてメッセージの過激さが詩の膨らみを阻害しているような歌も多かったのですが、この一首は、そのようななかにあって、若々しく繊細な抒情をやわらかな、そしてしなやかな文体で静かに受けているという趣《おもむき》です。

「頬白も濡れて」は一種の序詞的な措辞《そじ》と言ってもいいでしょう。別にそこに頬白がいなくてもいいのです。しかし、それは頬白も静かに濡らすような雨だと言うのです。単に静かな雨と言われるより、頬白のイメージが重ねられることによって、雨の景が一挙に奥行きを獲得する。それが序詞の役割であり、効果であります。静かなだけでなく、その一筋一筋が「ひかり」とも見えるような明るい雨。

それだけならむしろある年齢の作者の落ち着いた自然詠とも見えそうですが、結句「書きて伝えし」によって、この歌は一気に迸《ほとばし》るような若さをたたえた一首となるのを感じることができるのではないでしょうか。誰に書いたのか、何を書いたのか、そんなことはいっさい説明されませんが、それゆえにこそいっそう、「書きて」と「伝えし」の間に懸垂される若さの弾みを感じ取ることができる。同時期に、「情念の端《はし》はなぐもる想い出のひとつは誰と分かちあいしや」(『水の覇権』)という一首もあり、この歌も同様に「誰と分かちあいしや」という結句によって、若さを主張している歌でしょう。これは三枝昻之が、歌集の扉に自書してくれた歌として、私にはまた個人的に思いの深い一首でもあります。

人はみな馴れぬ齢を生きているユリカモメ飛ぶまるき曇天

永田　紅『日輪《にちりん》』

たしか作者が二〇歳の時に作った歌だと思います。二〇歳という歳も六〇歳という歳も、その数にかかわらず「人はみな」幾つになっても「馴れぬ齢を生きている」のだと言います。二〇歳の若い女性にしてこの認識にはちょっと驚きますが、言われてみればまことにその通り、みんな自分の年齢と折り合いをつけようとしながら幾つになっても居心地悪く生きているのかもしれない。歳をとるとある程度そんな居心地の悪さはごまかして生きていくのでしょうが、一〇代から二〇代へと踏み渡る不安感のなかで、自分の年齢に馴染めないという思いは、否応なく切実に感じられたに違いありません。

この一首では、上句のそんな認識を、下句で少しも補強しようとしていないところに注意しておきたいと思います。どうしても下句で感想を言ったり、説明や補足を入れたりしたくなるものですが、一見上句とはまったく関係のないユリカモメに飛んでしまっている。

ある意味この無責任さが、一首の膨らみと奥行きを与えているのです。下句は叙景ととっておいていいのですが、景を上句に合うように切り取らないということをいつも考えておきたいものです。

青春といえば反射的に「明るく、輝かしく、眩しい」ものという定番のイメージが浮かんでしまいがちですが、実際のわが身の青春時代を思い出してみれば、懐かしさのベールは被ってはいるものの、決してそんなに明るく、輝いていたとは思えない。懐かしくはあっても、当時は、私などはむしろ、暗く絶望的《デスパレイト》で、寄る辺のない不安と、将来への頼めのなさに打ちのめされていた、あるいは焦っていたという思いのほうが強かった。

酔ひてかく青春を論ずる記憶なしみなまづしかりし学生われら

篠《しの》　弘《ひろし》『昨日の絵』

篠弘は昭和八（一九三三）年生まれですから、終戦時に一二歳。青春と呼ばれる時代は、まさに戦後の窮乏《きゅうぼう》の時代に重なっていました。いまどきの若者たちが、酔って声高に「青春とは」などと論じている。それを横から見ているのでしょう。非難するわけではないが、冷ややかな視線はたしかにあって、自分たちにはそんな記憶がない、誰もみな貧しい学生であったから、と言うのです。

この一首は、青春をはるかに過ぎて若者を観察する歌ですが、篠弘自身の現在進行形の青春の歌は、たとえば次のようなものでした。

みたされぬことに馴れたるあきらめか疾《と》く青春の時移りゆく

篠　弘『昨日の絵』

ここではついに充たされることのない飢渇《きかつ》感が鮮明に詠われています。いつか充たされることを願いつつ、そして信じつつ、ついには「みたされぬことに馴れ」る以外ない青春、それを「あきらめ」として自覚してゆくプロセスとしての青春、そんなこもごもに口惜しい青春という時が疾《はや》く過ぎていってしまうと詠うのです。こういう自らの青春への悔しさがあるからこそ、現代の青年の酔った青春論を冷ややかに見てしまうのでしょう。

ロミオ洋品店春服の青年像下半身なし＊＊＊さらば青春

塚本邦雄『日本人靈歌《にほんじんれいか》』

塚本邦雄は、岡井隆、寺山修司らとともに、主として昭和三〇年代に「前衛短歌」運動の中心メンバーとして活躍した歌人です。歌に、作者以外の三人称を「私」として導入したことも大きな変革でしたし、暗喩や直喩を駆使して、平明な叙事では表現し得なかった輻輳《ふくそう》的なイメージの展開を図ったことでも特筆される業績があります。さらに句割《くわ》れ句跨《くまたが》りの手法を導入することによって、単純で一律な五七五七七のリズムに多様な変奏の効果を導入するなど、現代短歌における塚本邦雄の為した革新的な変革は、挙げていけばきりがないほどです。

「ロミオ洋品店」という名は現在では相当に古典的だと微笑ましくなりますが、その能天気な名はきっと塚本の創作に違いありません。その店頭に飾られている春服の青年像、それには下半身がないというのです。上着専用の、上半身だけのマネキンはたしかにありますす。その、たぶん原色の派手な春服を着ている青年に下半身がないと詠います。これは視点は斬新ですが、あくまでリアリズムでもあります。問題は、「＊＊＊さらば青春」という結句ですね。

「＊＊＊さらば青春」と青春への決別の言葉を投げかけることによって、作者はここで何を主張したかったのか。かなり難しい歌ですが、「さらば青春」と言われることによって、すぐ上の「下半身」が生きてくるのはたしかです。下半身、それは長い脚をもった青年像につながり、現代性の象徴でもあるでしょう。しかしそれはまた性の象徴でもあるのかもしれない。青春は下半身だと言っているようでもあります。パステルカラーの派手で、その分深みのない「春服」なんぞを来ている青年には、下半身がない。青春と分かち難く結びついた「性」の翳《かげ》りを断ち切られた青年像であるからこそ、「さらば青春」という苦々《にがにが》しげな決別宣言になったのでしょうか。

塚本邦雄には「五月祭の汗の青年　病むわれは火のごとき孤獨もちてへだたる」（『裝飾樂句《カデンツァ》』）という有名な一首もあります。これについては『現代秀歌』で述べているので繰り返しませんが、この一首における「病む」には結核の療養という実体験があったことが現在では明らかになっています。健康な「五月祭の汗の青年」への拒絶の意志は、そのような自らの病があったからこそでもあるのでしょう。健康なものへの憎しみ。そのような屈折した思いが、春服の青年の下半身の歌を生み出したのかもしれません。

氷片にふるるがごとくめざめたり患《や》むこと神にえらばれたるや

小中英之《こなかひでゆき》『わがからんどりえ』

身辺をととのへゆかな春なれば手紙ひとたば草上に燃す

同

小中英之は私の友人でもありましたが、長く自らの持病と向き合ってきた作者でもありました。「俺の掌にはスティグマ（聖痕）」があるなどと言っていたこともありましたが、血液系の病気であったことはたしかだと思います。どちらもいかにも小中らしい繊細な歌です。

目覚めが「氷片にふるるがごとく」であったというのは、その神経の繊細さを嫌でも感じさせます。そうして目覚めてみると、また自らの病に向き合わねばならない。自分はまるで「患むこと神にえらばれたる」存在であるかのようだと感じます。そう感じるからこそ、いつ訪れるかわからない「死」に対処するために「身辺をととのへゆかな」と決意を新たにするのでしょう。春の草上に手紙類を燃やして、自己の過去には縛られない存在でいたいということなのでしょうか。

この歌の通り、ついに結婚するということのない生涯でした。一時期は、わが家にもよく来てくれ、長男の子守りなどもしてもらったことがありますが、彼が結婚に踏み切れなかったのも、宿痾《しゅくあ》とも言うべき自らの病に対する意識からだったことは間違いないと思います。一時はあんなに親しくしていた小中でしたが、彼の晩年には会うことも少なくなっており、ある時、新聞で彼の死を知った時はショックでした。一人きりで亡くなっていたのが見つかったとのことでしたが、人間のつき合いというものはそれほどに儚《はかな》いものかという寂しさに胸を衝《つ》かれる思いをしたものでした。

小刀で目をつぶしては闇にのみ安らぐ蝦を生簀に放つ

坂田博義《さかたひろよし》『坂田博義歌集』

いつよりのたてじわ切りきずさながらに蒼く額にきざまれたりし

同

坂田博義は、昭和三六(一九六一)年二四歳で自ら命を絶ちました。「塔」の会員でもあり、清原日出夫《きよはらひでお》とともに学生会員として「塔」内外で活躍をしていた最中でした。ちなみに『塔』は、土屋文明《つちやぶんめい》の弟子、高安国世によって昭和二九年に創刊された雑誌ですが、高安は私の短歌の師。昭和五九（一九八四）年に高安が亡くなってからは、平成二六（二〇一四）年まで私が主宰を務めてきました。

坂田の歌は、時期的にはまぎれもなく青春期と呼ばれて何の不思議もない時期の歌ですが、ほとんど若さの横溢《おういつ》するような歌はありません。暗く、内省的で、心の淵《ふち》を常に見据えているような歌でした。そういう意味では青春歌らしくはないけれど、しかし青春の実体というのはおそらくそんなところにあるのだと思わせる。

小刀でエビの目を潰《つぶ》して生簀《いけす》に放つなどという行為は、相当に屈折した異常な行為でもあります。もちろん本当にそんな行為をしたかどうかは定かではないにしても、「闇にのみ安らぐ」というエビへの心寄せは、そのまま自らの実感でもあったことでしょう。

二首目は自死した当日、その直前の歌と思われます。自らの命を絶とうとする時、改めて自らを鏡に映したのでしょうか。眉間の「たてじわ」がさながら切り傷のように見えると言うのです。その時、坂田の胸中にどういう思いが兆《きざ》したのか知る由《よし》もありませんが、このような形で青春を人生の終結点とした若者がいたことも間違いのない事実ではありません。

デモの隊列——ジグザグのさなかに

平成二五（二〇一三）年一二月、国会で「特定秘密保護法」が強行採決に近い形で成立しました。国民の多くが、こんな大事なことが、まさかそんなに急に決まるなんてと思っていたのだと思いますが、十分な議論がなされないままに、あまりにあっけなく決まってしまった。むしろ時間を置くと世論が騒ぎ出すので、その前に強引に一点突破ということだったのでしょう。あまりのあっけなさに、信じられないという思いを抱いた人は多かったはずです。

今回のことで私は、経験ということの継承の難しさを改めて思いました。経験の内実ということではなく、そのリアルな感覚の継承という意味です。

私たちの親の世代、戦争を直接経験した世代は、若者たちにその経験をどう伝えられるのかを真剣に考え、そして伝えきれないもどかしさを痛感したのかもしれない。単に言葉だけではそのリアルな酷《きびし》さと惨《みじ》めさはどうにも伝わらないのでしょう。戦争については、私は受けとる側の立場にありますが、私の世代にもまた伝えたい経験があります。たとえば七〇年代の学生運動の時のリアルな昂揚感とでもいったものはその一つ。私より、少し前の世代であれば、六〇年安保闘争の記憶がまさにそれにあたるでしょう。

学生が社会状況に敏感な六、七〇年代の頃だったら、こんな国の行方を左右する大事な法律が国会で議論されていれば、学生をはじめ国民の多くが、街のあちこちで立ち上がっただろうに、と臍《ほぞ》を嚙む思いの人は私以外にも多くいたはずです。

今回の秘密保護法では、将来その影響をもっとも受けるはずの若い世代に、ほとんど危機意識が見られないことを、空怖ろしい思いで見たことでした。私の周辺の若い人たちも、ほとんどが自分には何の関係もないことだと思っている。時代の記憶の継承の困難さを思った所以《ゆえん》でした。

何処までもデモにつきまとうポリスカーなかに無電に話す口見ゆ

清原日出夫『流氷の季』

不意に優しく警官がビラを求め来ぬその白き手袋をはめし大き掌

同

ジグザグのさなかに脱げし少女の靴底向けて小さし警官の前　同

六〇年安保闘争の時、清原日出夫は京都立命館大学の学生でした。当然のようにデモに参加し、デモの隊列のなかからこのような歌を詠みました。全学連が組織され、全国で「アンポハンタイ」の声とともに、毎日のようにデモが組織されていたころです。デモにつきまとってくるポリスカー（この表現も今となっては古いですね）。その車のなかで指令室とでしょうか、無線電話（無電）で連絡をとっている警官が見える。清原は「無電に話す口見ゆ」と詠っていますが、その「口」の向こうには、庶民の目には見えない国家権力の存在が感じとられています。

しかし現場の警官は、あくまで自分たちと地続きの存在であり、デモのなかにいる作者とそれを規制するはずの警官との間には、むしろなごやかとも感じられる瞬間もあった。デモ隊の配るビラを求めてきたというのです。「不意に優しく」ですから、学生たちのデモに必ずしも敵対しているふうでもない。しかし、その「白き手袋」はまぎれもなく権力の切っ先の象徴でもあるでしょう。

「ジグザグ」という言葉にも、もう注釈が必要な時代なのでしょうか。デモは、自分たちの訴えをアピールしながら（シュプレヒコールなどという言葉も死語化してしまったのでしょうか）行進するわけですが、いつも整然と歩いてばかりいたわけではない。時にはより強くアピールするために、あるいは警官らの規制に反発するために、道路をジグザグに行進したり（ジグザグデモ）、交差点で渦《うず》を巻くようにぐるぐるまわったり（渦巻デモ）、ある場合には片側だけではなく、道路いっぱいに広がって歩いたり（フランスデモ）したものでした。

三首目では、ジグザグデモのさなかに、少女の靴が脱げて仰向けに転がった。警官の前に転がっていったあまりにも小さいその靴は、まさに自分たちの存在の小ささそのものとも感じられたことでしょう。清原日出夫は、このようにデモの隊列のなかからの視線を大切に、淡々と事実だけを詠いつつ、自分たちの闘いの意味を考え続けた歌人でありました。

夕ごとにかの国会に帰りゆき坐りき〈戦後〉育ちの臀部

田井安曇《たいあずみ》『我妻泰《わがつまとおる》歌集』

清原は学生としてデモに加わっていましたが、田井安曇はすでに社会人（ちなみに田井安曇は、教職に就いており、この頃はまだ本名の我妻泰で作品を発表していました)。この一首では、社会人も同じように日々、デモをはじめとする示威活動に参加していたことを物語っています。これは国会前の座り込みを詠っていますが、昼間は社会人としての勤めがあり、参加できるのはそれが終わって夕方から。毎夕、国会へ行き、淡々と坐る。それがほとんど無視されるような行為であっても、ただただ坐るという行為でのみ自らの意志を表すことができると信じている者の一途さと強さがあります。あるいはそれは、そんなことでしか反対、抵抗の意志を示し得ない小さな存在としての自分なりの矜持《きょうじ》でもあったでしょうか。

この一首では、下句「〈戦後〉育ちの臀部《でんぶ》」に大切な意味があるでしょう。大江健三郎《おおえけんざぶろう》に『遅れてきた青年』(新潮文庫)という小説がありますが、田井にとっても自らに対して、「遅れてきた」存在という意識を拭いきれなかったのでしょう。何に「遅れてきた」のか。それは戦争という時代に「遅れてきた」世代ということでもあったはずです。〈戦後〉は、単に「敗戦後」という時代を表す言葉であるばかりでなく、戦地へ送り出されてまさに生死を賭《か》けた戦いを余儀なくされていた世代の、その後の時代に育ったという意識に強くこだわった表現でもある。〈戦後〉と括弧に括《くく》られているのにはそのような意味があると思います。

自分の臀部は「〈戦後〉育ち」である。その「〈戦後〉育ちの臀部」をもって、自分はいま国会前に座り込みをしている。それはまさに「戦争」への回帰を拒《こば》むためであるという明確な意志が読み取れます。「〈戦後〉育ち」を侮るなかれというメッセージでもあったのでしょう。

催涙ガス避けんと秘かに持ち来たるレモンが胸で不意に匂えり
道浦母都子《みちうらもとこ》『無援の抒情』

もはやクラスを恃《たの》まぬゆえのわが無援　笛噛むくちのやけに清しき
福島泰樹《ふくしまやすき》『バリケード・一九六六年二月』

七〇年学園闘争の時には、このような歌が作られました。デモもより過激になり、機動隊との間に催涙ガスを含む激しい抗争が繰り返されました。道浦の一首は、そのような催涙ガスを避けようと秘かにもってきたレモンが胸元で匂うと言うのです。レモンで催涙ガスが避けられるとも思えませんが、その匂いに接した時、その清楚《せいそ》な匂いに、不意に自分が女性であることをなまなまと実感したのかもしれません。

福島泰樹は七〇年代に至る学園闘争を、壮大なロマンとして詠った歌人ですが、ロマンは敗れることによって美しくなる。彼の歌には敗者の側の悲痛な、しかしまぎれもなく青春の輝きとしてのデモが詠われています。

クラスとして、集団としてまとまった行動をとれなくなっている。もはや仲間との連帯が絶対的なものではなくなり、バラバラの個に還っていかなければならなかった。六〇年安保闘争と七〇年学園闘争の根本的な違いは、そんな個と仲間との連帯感、関係性にあったのだと、いま改めて思うのです。道浦母都子の歌集のタイトルが『無援の抒情』であったことはまことに象徴的なことでもありました。

多くの普通の人々が、個の力の弱さの自覚をもって、それを集団の力として再編成するためになされるのがデモという行為の本質でしょう。デモはデモンストレーションの略、示威活動とも訳されますが、個の小さな力を集めることによって、自分たちの意志を国民や権力に訴えるというのが本来の意味です。今回の秘密保護法の成立の仕方を目のあたりにすると、今の時代、どのように個の声を届けていけばいいのか、深く考えざるを得ません。

始発電車はわれひとりにて　むなしさのたとえばズボンが破れしことも

永田和宏『メビウスの地平』

私の学生時代は七〇年学園闘争の時代。大学は封鎖され、一年間授業も試験も何もなし。毎日大学へは行っていましたが、クラス討論に明け暮れたり、時にはデモに行ったり、ある時には学内での、学生同士の闘争に巻き込まれたりと、騒然とした一種の熱狂のなかにありました。

情けないことに、当時の私は社会情勢や世界の動きに対して意識の低いノンポリの学生でしかなかったのですが、ひょんなことから、民青《みんせい》（共産党系の日本民主青年同盟）と全共闘（全学共闘会議、当時は三派全学連、単に三派と呼ばれることが多かったのですが）との学内衝突に巻き込まれたことがあります。京都大学の法経一番教室に立て籠《こも》っていた民青の友人がいたので、夕方、「陣中見舞い」と称して、その教室に潜り込みました。ところが、その直後に三派の学生たちに包囲され、出るに出られないことになってしまい、ガラスというガラスのすべて割れてしまった窓から、火炎瓶や拳大の石が投げ込まれるのに、闇のなかで必死に耐えていたことがありました。

ある時は、追われて二階の窓から真っ暗な地面に飛び降りたこともありました。自転車置き場の屋根に飛び降りたつもりだったのですが、それがスレートの屋根だったのでそのまま突き破って地面まで転落。ズボンが裂け、ちょっと足をひねったくらいで済んだのですが、掲出歌はそんな夜の学内から、夜明け方始発電車で帰宅した時の歌です。第一歌集『メビウスの地平』をまとめる時、デモや学生運動に関する歌のほとんどを捨ててしまいました。なにより思想的に未熟であり、なんら本質的なところを考えられていなかったことに対する恥ずかしさからでしたが、たとえ薄かったにしても、それら熱い歌を残しておいたほうが良かったかとも、今なら考えることができます。

ここまで、デモに参加して意志表示をしていた歌人たちの歌を取り上げました。同じデモの歌でも、デモの隊列の内側から見るものと、外からデモを見るものとでは、おのずからその見方は大きく違うものです。

その端的な例として、特定秘密保護法案に反対するデモに対して、当時の自民党幹事長の石破《いしば》茂《しげる》が自身のブログで、「単なる絶叫戦術はテロ行為とその本質においてあまり変わらないように思われます」と書いたことは記憶に新しいところです。あまりの露骨な発言に唖然《あぜん》としたのは、もちろん私だけではないでしょう。

この発言はすぐに石破自身が撤回しましたが、これは「見せ消ち《け》」の手法なのだと、私は強く思ったことでした。つまり、いったん発言し、すぐに取り消す。撤回したのだから「なかったこと」にすると言われても、その取り消された言葉こそが、却《かえ》っていっそう強くみんなの心に焼きつくものです。

藤原定家《ふじわらのさだいえ》に「見わたせば花ももみぢもなかりけり浦の苫屋《とまや》の秋の夕暮」という有名な一首がありますが、「花ももみぢもなかりけり」と打ち消されることによって、却って花と紅葉は読者の心に強く焼きつけられる……と、こう指摘したのは、塚本邦雄でした。

政治家は言葉を軽く使って、あるいはみんなから反発されるような過激な言葉を敢《あ》えて使って、糾弾されればすぐに撤回する。しかし、その「見せ消ち」に消された言葉は、繰り返されることによって徐々にみんなを鈍感にします。そんな言葉に対する耐性（トレランス）が知らず知らず形成されていく。怖いことです。

石破発言ほど露骨、意図的でなくとも、デモを見る視線は個々人の立場によって大きく異なります。

革命者気味《かくめいしやぎみ》にはしやぎてとほる群衆《ぐんじゆう》の断続《だんぞく》を見てかへるわが靴《くつ》のおと

斎藤茂吉《さいとうもきち》『石泉《せきせん》』

茂吉の嫌な性格を感じさせる一首です。デモを見て「革命者気味にはしやぎてとほる」と感想を漏《も》らす茂吉。どこか悪意にも似た響きが感じられます。私は文句なく、斎藤茂吉を近代の傑出した歌人として第一に推したいと思う者ですが、時にこのような、頸筋《けいきん》を冷たく撫《な》でられるような、意地の悪い呟きを聞くと、いったいこの歌人は何なのだと思ってしまうこともあります。もちろん茂吉がなにより、己の心に真っ正直な表現に徹していることは間違いないことなのですが。

プラカードつらねゆくこの階級より暗黒にしてわが小企業

山本友一《やまもとともいち》『黄衣抄《おういしょう》』

同じようにデモを見て、彼らと自分は違うと思わざるを得ない、そんな感想をもったのが山本友一です。山本は満州に渡り、軍属として満鉄建設に従事したのち、兵役を勤め、敗戦と同時に引き揚げてきました。晩年は九藝《きゅうげい》出版という出版社を興《おこ》し、社長になりましたが、この一首が作られた頃は、まことに小さな会社に勤め、それもうまくいかない時期が続いていたはずです。

この場合の違和感は、デモ行進をしている人々は、まだいい。自分などは「この階級より暗黒」だと思わざるを得ないというところから来ています。「階級」などという言葉が時代を感じさせますが、自分などは、プロレタリアートと呼ばれる階級にさえも及ばない小企業に勤めているのだという意識なのでしょう。メーデーなどに出かける余裕さえない小企業。その従業員としての、ある種の断念と羨望が暗く渦巻くような一首ではないでしょうか。

赤旗をわれはふらねど若きらがふるはよしと思ふ怒れと思ふ

国崎望久太郎《くにざきもくたろう》『秋雪《しゅうせつ》』

何時いかなる旗にも従《つ》かずとまた思いいよいよ心愉しまずいる

武川忠一《むかわちゅういち》『青釉《せいゆう》』

国崎も武川もどちらも大学の先生でした。国崎は自らは赤旗を振らないが、学生たちが振るのはいいと思う。もっと怒れと、励ますような篤《あつ》い視線を送っています。武川の一首は、七〇年学園闘争を教師の側から詠ったものです。「何時いかなる旗にも従《つ》かず」という覚悟は、すべてを自らの目で見、そして衆を恃《たの》むことなく自分一人で行動をするという覚悟でもあります。みんなと一緒に行動できれば、むしろ心易い日常をおくることもできますが、単独者の立場に自己を置くことは、「いよいよ心愉しまずいる」という心境に自己を追い詰めることでもあったのでしょう。武川自身が「ゆずらざるわが狭量を吹きてゆく氷湖の風は雪巻き上げて」(『氷湖』)と詠んでいますが、まさにその強い「狭量」の自覚を感じさせる一首となっています。

ふるさとのわが母ほどの老《おい》が組むスクラムなればわれはたぢろぐ

筑波杏明《つくばきょうめい》『海と手錠』

なぜ作者はスクラムにたじろぐのか。実は筑波杏明はデモを取り締まる側の職にあったのです。警視庁機動隊の隊長として、警棒を振るわせる側から、デモや基地闘争、安保闘争などを詠った歌人でもありました。当然のことながら激しい罵詈雑言を民衆から投げられることになりますが、にもかかわらず民衆を敵視するのではなく、彼らへの「信頼と連帯の感情」をもち続けようとしたところに、筑波の歌の切実さがあります。

スクラムを排除せんとして、それに近づく時、そのスクラムのなかには、「ふるさとのわが母ほどの老が」いた。無表情に排除に徹するのではなく、思わず「われはたぢろぐ」というところに、筑波の人間性があり、かつ筑波が作歌という行為に求めた、己の基盤があったのだということができましょう。

識る顔に会ふを恐れて防石面おろせの命をただに待ちをり

御供平佶《みともへいきち》『河岸段丘《かがんだんきゅう》』

筑波杏明と同じような側から詠わなければならなかったもう一人の歌人を紹介しておきましょう。御供平佶の職業は、鉄道公安官。彼もまた、デモやバリケードなどを排除する側の職業にありました。デモ隊と対峙している場面でしょう。向こうから投石がある。それを防ぐために防石面を下ろすというのです。

しかし、ここで御供は、怪我を防ぐためにだけ「防石面おろせ」の指示を待っているのではありません。御供が早く指示を出してくれと願っていたのは、実は「識《し》る顔に会ふを恐れ」るゆえにほかなりませんでした。鉄道公安官としてデモの鎮圧に向かう。その時、知っている顔に会うのを、もっとも懼《おそ》れているのが、ほかならぬ御供自身なのです。そんなある種おずおずとした視線に、御供の歌人としての誠実さを見る思いがします。御供は自らの職業に誇りを感じていた作者ではありますし、それを詠ってもいますが、時にこのような後ろめたさに近い本音をも漏らしていたのです。「公安官になりたる吾を罵りし彼がデモ隊の指揮の笛吹く」という一首がすぐ後にありますが、で、あればこそ、自らの顔を隠していたいという思いはいっそう切実でもあったのでしょう。

卒業——校塔に鳩多き日や

三月は卒業の季節。国立大学の、しかも研究所にいた頃は、卒業式などというものもずいぶん遠い存在で、別段意識することもなく過ぎていましたが、私立の理系学部に勤めるようになって、卒業式とその後で学生たちが催してくれる謝恩会というものが、常に三月の予定に組み入れられるようになってきました。これは大学の卒業式のことですが、もちろん、卒業式は、幼稚園、保育園から小学、中学、高校まで、入学式と並んで、それぞれの区切りのもっとも大切な儀式の一つでしょう。

仰げば　尊し　我が師の恩
教《おしえ》の庭にも　はや幾年《いくとせ》
思えば　いと疾《と》し　この年月《としつき》
今こそ　別れめ　いざさらば

卒業式の定番だった「仰げば尊し」が、最近ではあまり歌われないのだそうです。文語が難しくてとっつきにくいからという理由だとか。残念なことだと思わざるを得ません。意味は十分にわからなくとも、耳で聞き、自ら歌い、ある時ハッとその意味に気づく。本来、学習とか教育とかはそういうものであるはずなのです。教えたことをすべて理解させようとするから教育が窮屈になり、逃げ場がなくなる。教えたことは半分も理解してくれれば十分、そのくらいのおおらかさがなければ、教育は窒息し、矮小化《わいしょうか》してしまうでしょう。

「仰げば尊し」は、たしかに古語があるだけに高校生以下の生徒らが耳で聞いただけではなんのことかちんぷんかんぷんであるでしょう。私自身、「思えば愛《いと》とし　この年月　今こそ　別れ目　いざさらば」と思い込んでいました。こういう誤解や間違いが生じるから教えない、ということがもしあるとしたら、それは意味のないことだと思わざるを得ません。こういう誤解していた言葉こそが、後年の人生において、ほかの言葉より、より親しく思われ、記憶されるものなのですから。

私の現在勤めている大学、京都産業大学の学歌は、学祖とも言われる初代学長荒木俊馬《あらきとしま》博士が自ら作詞したものと言われますが、とにかく難しい。

一　天地《あめつち》の　闢《ひら》けし時ゆ　神々の　鎮《しず》まりませる　神山《こうやま》の　その本山《もとやま》に
産業《むすびわざ》　学び勤《いそ》はく　逞《たくま》しき　われら若人《わこうど》　次の代《よ》の　わが日の本を　担いて立たむ

二　天雲《あまぐも》の　向伏《むかふ》す極み　谷蟆《たにぐく》の　さ渡る極み　有りと有る　全人類の
幸福と　平和の為に　わが命　捧げて惜《く》いぬ　現身《うつしみ》の　形造《かたちづく》りに　われら励まむ

（京都産業大学学歌　作詞：荒木俊馬、作曲：團《だん》伊玖磨《いくま》）

どうでしょう。ルビなしで全部読める人は少ないかもしれません。高校から大学に入って、入学式でまずこれを歌わされる。高校生に毛の生えたような新入生にはほぼわからないはずです。

ちょっと寄り道ですが、私がこの大学の総合生命科学部という学部に初代学部長として入ったのは、平成二二（二〇一〇）年の四月のことでした。最初の仕事が一日の入学式に出ること。壇上に並ばされます。そこでこの学歌斉唱となりました。もちろん歌えませんが、壇上にいて歌わないのはまずいので、なんとなく口を開けて歌っているような素振りをしなければなりません。歌の内容がわかれば、口も開けられようというものですが、耳で聞いただけでは、この歌、ほとんどわからなかった。講堂でみんなの声が籠るように混ざり合い、ほとんど聞き取れませんでした。

後で歌詞を見て、もう一度驚きました。読めない漢字がある！　「谷蟆《たにぐく》」はそれまで私も知りませんでした。蟆はひきがえるのことなのですね。「天雲の向伏す極み谷蟆のさ渡る極み」は、万葉集からの引用ですが、これが宇宙物理学が専門の理系の研究者によって作られたことに驚きます。ちなみに、作曲は團伊玖磨。いい曲です。

これを学生にはわからないから歌わせないというのでは本末逆でしょう。わからなくても歌わせる。歌って、耳で覚えていた言葉に、ある時どこかでもう一度出会った時、それがその言葉との本当の出会いになるはずです。ここは教育論をする場ではないので、これ以上は触れませんが、すべて教えたことはわからなければならない、わかることだけを教えるという、現在の初等中等教育の実際に、私は若干の違和感をもっています。今はわからなくてもいい、しかし今それに触れておけば、次に出会ったときに本当の出会いをすることができる。そんな緩い教育があってしかるべきだろうと思っています。

ちょっと話がずれすぎてしまいました。ともあれ、卒業式は、人生においてもかなり大きな区切りであることは間違いない。

校塔に鳩多き日や卒業す　　中村草田男《なかむらくさたお》『長子《ちょうし》』

たぶん、卒業と言って、まっさきに思い浮かぶのはこの句なのではないでしょうか。校塔と鳩、いかにも卒業式の日の学校という雰囲気ですが、それが嫌みな演出臭をもたないところがこの句の味であり、爽やかさであるでしょう。草田男自身は、神経衰弱などで休学し、東京帝国大学を卒業したのは三二歳の時であったといいます。感慨も一入《ひとしお》であったことでしょう。ちなみに、草田男という俳号が、神経衰弱などで休学している草田男に業を煮やし、親戚が「お前は腐った男だ」と面罵《めんば》した、そこからつけたというエピソードはよく知られています。

短歌で、草田男の一句に匹敵するような卒業の名歌はあるだろうかと考えを巡らせるのですが、どうにも思い浮かばない。そもそも卒業の歌そのものが少ないのでしょう。それも、自身の卒業を詠った歌が極端に少ない。卒業する時には、まだ短歌を始めていない人が多いから、という単純な理由に違いありません。

卒業するわが子や教え子を詠った歌は多いのですが、まず、自らの卒業を詠った歌を取り上げてみましょう。

大学の池に棲みふる真鯉ひとつしづけきを見て我が卒業す

高野公彦《たかのきみひこ》『水木《みずき》』

卒業、あるいは卒業式というと、どうしても情緒的な部分が過剰になりがちです。この大切な日だから、なにか特別の記念すべきものを目に焼きつけておかなければならない、などと思いがち。しかし、この一首では、卒業というのにほとんど突出したところの何もない景をもってきているのが手柄だと言えそうです。いつも見ていた鯉であったに違いない。何年も見続けてきた鯉を、今日も昨日と同じように見て、そして卒業するというのです。それも色鮮やかな緋鯉《ひごい》ではなく、くすんだ色の真鯉。ひっそりと大学の池に「棲みふる」一匹だけの鯉。作者は、その目立たない、ひっそりとした生に、己の生を重ねていたのかもしれません。誰にも注目されることなくひっそりと棲息しているこの鯉のように、自分はこの大学で四年間を過ごし、そして誰にも知られることなくここを出ていくのだという、そんな静かな覚悟のようなものが感じられます。

紅白の落雁をしばしもてあまし卒業も過去のこととならしむ

永田　紅『日輪』

卒業を見送り続けついに我がこととなりゆく陽は三月へ

同『ぼんやりしているうちに』

永田紅は、学部、大学院と併せて九年間を同じキャンパスで過ごしたことになります。学部は農学部でしたが、私と同じ分野、細胞生物学の分野で研究を続けることになりました。

一首目は学部卒業時の歌ですが、彼女の心は、すでに次のステップ、大学院の課程に向かっていたのでしょうか。卒業式でもらった落雁《らくがん》、あれはいつも処理に困ります。それを手に弄《もてあそ》びつつ、卒業そのものの感慨よりも、次に待ち受けている新しい未知の世界への期待と不安がこもごもに感じられたのかもしれない。「卒業も過去のこととならしむ」には、卒業はもう済んだこと、次の一歩を考えなければというほどの思いが漂っているでしょう。

二首目はそれから五年後、大学院の卒業時の歌。同じ研究室に次々に下級生が入り、多くは学部を終えて卒業して行きます。大学院へ進んだ院生たちは、次々に社会へ巣立ってゆく下級生たちを身近に見ながら、時に自分だけ置いてきぼりを食っているような寂しさを感じるものなのです。実社会で自分の力で歩き始める彼らを見つつ、まだ大学というゆりかごのなかで守られるように暮らしている自分たちの現在を、不安と焦りの思いで見ることになる。

そんな大学院生としての、モラトリアム的な時間が終わろうとしている。学部生らの「卒業を見送り続け」ていた自分、その卒業が「ついに我がこと」となるというのです。学部卒業は、同じ場所での次の時間が待っていたこともあって、さほど強く感じることもなかったのに、大学院を終えようとしている今、いよいよここを去るという感慨が不意に湧いたのかもしれません。

退屈をかくも素直に愛しゐし日々は還らず　さよなら京都

栗木京子『水惑星』

卒業とは、文字通り学業を卒《お》えるということですが、また別の意味をもっています。それは多くの場合、学生時代に過ごした（大学のある）町から出ていくということに典型的に表れます。栗木京子は、京都の大学で四年間を過ごしました。京大短歌会には入っていなかったと思いますが、短歌会の仲間たちとも交流がありましたし、同じ理学部の後輩ということもあって、私も何度か会ったことがあります。先輩風を吹かせていたそうです（まったく覚えていませんが）。

その学生時代、それはまた「退屈をかくも素直に愛し」ていた日々なのであった。この感じはとてもよくわかります。青春真っ只中。楽しいこと、わくわくすることはいっぱいあったはずなのに、しかし、精神は、ただ退屈であり、その退屈であることをなにより愛し、大切にしていた。それが学生時代というものでしょう。学生時代という時間がもつ雰囲気を、栗木の一首はうまく掬い取っている。

そんな日々ともう別れを告げなければならない。友人たちとの別れよりも、もはや還ることのない〈時間〉との別れを痛切に意識したのでしょう。結句「さよなら京都」は、その地名がまさに「学生の町」と表裏一体であるところから、いっそう切実に響くと感じるのは、同じ京都で学生時代を過ごしたからなのでしょうか。場所と、そして時間に別れを告げて、学生たちは新たな別の世界に散っていく。京都はまた、いつも置いてゆかれる場所でもあります。

私はついに卒業式に出ることはありませんでした。昭和四五（一九七〇）年。折しも学園闘争の真っ只中、私たちの大学だけでなく、多くの大学で卒業式はなく、私たち多くの学生は当然のごとく留年をしました。四年で卒業はできたのですが、私の個人的な印象としては留年した学生のほうが多かったような気がする。

翌年、二年ぶりの卒業式があり、もちろんテレビでも大きく報道されました。ところが、私はそれを知らなかった。知ろうとしなかったというのが本音かもしれません。青かったと言えばそれまでですが、卒業式などという式そのものをどこかでバカにしたがっていたのでしょう。

帰宅すると、テレビで知ったらしい父親が、今日は卒業式だったたんだなと言ったので、初めて知りました。卒業式なんてどうでもいいよ、などとたぶん言ったのだと思います。

父親はちょっとがっかりしたのかもしれません。ひょっとしたら卒業式に出たかったのかもしれない。もちろん出席するなどと言ったら、とんでもないと断わったのでしょうが、ちょっと済まないという気持ちが湧いたこともかすかに覚えています。突っ張っていたのです。そんな時代だった。

ですから、もちろん私には卒業式の歌はない。後年、次のような歌を作りました。

うっかりで済ませるものにはあらざれど卒業式は忘れて過ぎき

永田和宏『言葉のゆくえ』(坪内稔典《つぼうちとしのり》と共著)所収(歌集未収録)

卒業は、本人以上に、その親にとってより大きな感慨を抱かせるものなのかもしれません。

卒業式で、生徒たちが泣くのは、先生や友人に別れるという切なさからでしょうが、親が泣くのは、よくここまでという思いがこみ上げる場合が多いのでしょう。あるいは、いつも手許《てもと》にあった、そしていつまでもあるはずと思っていた子が、卒業という式を終えて、自分たちから遠くへ行ってしまうという感慨も幾分かは混じっているでしょうか。

卒業式いたづらほどの髭生やしそれぞれの人生のまへに並ぶも

米《よね》川《かわ》千《ち》嘉《か》子《こ》『衝立《ついたて》の絵の乙女』

米川千嘉子もやはり卒業式に行くのだなあと、私にはそちらのほうに不思議な感慨がありました。「いたづらほどの髭」をかすかに光らせながら、式に並んでいる息子を見ている母親。自分の息子だけではなく、同じような男子生徒たちが並んでいます。その並びの向こうには、それぞれのまた別々の人生がひったりと寄り添っているのが見えてくるような気がします。そんな〈これからの時間〉を背負って一列に並んでいる子供たちを、どこか痛ましい思いで眺めてしまうのは、母親だからでしょうか。

体育館へ入る前に小さな布靴に履き替える時の思いを、米川千嘉子は「ＰＴＡ母のこころがらんらんとしてしまふゆゑ布靴履きし」（『衝立の絵の乙女』）とも詠んでいます。「らんらんとしてしまふ」母のこころに、「いたづらほどの髭」は否が応にも涙を催す仕掛けになっているのでしょう。「それぞれの人生のまへに並ぶも」という観念的な措辞が浮いてしまわないのは、上句の具体が生きているからですね。

卒業式に、親が深い感慨をもつのは当然のことだとも思われますが、もう一つ、卒業式の歌を探していて気づいたことは、親と同じように卒業式に深い思い入れをもつ一群の人びと、つまり教師の側の歌が多いことでした。歌人に教師が多いからということでしょうか、卒業式を詠った教師の歌が多くあった。

言ひつがむ言葉もなくて庭芝の芽ぶくをみよと生徒《こ》にいひにけり

松田常憲《まつだつねのり》『秋風抄』

松田常憲は、尾上柴舟《おのえさいしゅう》門下の歌人であり、長く「水甕《みずがめ》」選者・発行人として結社を率いてきた歌人。春日真木子《かすがまきこ》は松田常憲の長女、春日いづみはその孫にあたる歌人一家です。

この歌は、『秋風抄』中の「別離」一連にある一首です。はっきりと卒業と書かれているわけではありませんが、前後の歌からおそらく卒業にあたっての、生徒らとの交わりを詠ったものなのでしょう。この時期、常憲は愛知県の高等女学校の教員でした。「木槿の花みよとしいへば仰ぐ生徒《こ》のまみの潤《うるみ》をひそかにはみつ」「泣きぬれしおもわを見れば幼けれ今はわかれの言いひかはす」など、過剰なまでの感傷と涙は、対象が女学校の生徒らであることを前提にしないとちょっと追体験できないかもしれません。

教師としては、生徒らを送るその日、もはや言うべき言葉も見つからない。改めて言うとどれもが虚しく、嘘っぽく聞こえてしまうものでありましょう。庭芝の芽吹いていることをさりげなく指摘したり、木槿《むくげ》の花へ注意を向けたりと、その別れまでの時間を惜しむような、かつもて余すような不思議な感覚は、送り出すという思いの切なさを伝えて、いい歌だと思います。

さんがつのさんさんさびしき陽をあつめ卒業してゆく生徒の背中

俵　万智『かぜのてのひら』

「万智《まち》ちゃんを先生と呼ぶ子らがいて神奈川県立橋本高校」(『サラダ記念日』)という歌があるように、俵万智も若い一時期を高校教師として過ごしていました。短い時間を、生徒らと友達同士のように過ごしていたらしい。生徒らのほうも、先生とは言いながら、陰では「万智ちゃん」と呼んでいたに違いない。『かぜのてのひら』には軽く楽しい学校風景が多いのですが、この歌集の後半には「さよなら橋本高校」なる一連もあって、俵万智が教師を辞めるまでの生活が詠われています。

卒業式を詠ったこの一首は、ほかの卒業式の歌とはずいぶん趣が異なり、その明るさがまず特徴でしょう。「さんがつのさんさんさびしき陽をあつめ」と言われれば、「さびしき」はずの陽もどこかはなやぐし、「卒業してゆく生徒の背中」は、もちろん寂しげな様子はなく、空豆が弾けていくような軽やかささえ感じられます。

卒業式が「卒える」という側面のほかに、もう一つ大切な、新たな別の世界へ「入っていく」という側面をもつことを強く感じさせる歌であります。

卒業写真にあと何回を写るならむ背《せな》をのばしていまし撮られつ

志垣澄幸《しがきすみゆき》『青の世紀』

志垣澄幸は、宮崎で長く高校教師という職にあり、校長をも務めた歌人です。余談ながら、現在、歌作また評論活動で歌壇を牽引している歌人の一人、吉川宏志は、宮崎の高校で志垣澄幸の生徒でもありました。高校では歌の指導などはなかったようですが、吉川宏志が歌人になるきっかけを作ったのは、間違いなく志垣澄幸であったのでしょう。

吉川君は、大学に入学後、私の研究室を訪ねてきました。その時に志垣澄幸の紹介状を携《たずさ》えてきたのには驚きました。志垣さんとは旧知の友人。教え子が京都に出るというので、よろしく頼むとしたためたのでしょう。吉川君が中心になり、京大短歌会（第五次）を結成。私はその顧問となりましたが、京大短歌会はその時から今に続いています。

教師も、定年が近づくにつれて、卒業式のたびに、あと何度この式に出ることになるのかと思わないではいられなくなります。桜は強く人生時間を感じさせる花ですが、教師にとっては入学式の桜よりも、卒業式のほうがより強く、自らの時間と引きつけてしまうのでしょう。

一首前に「若き同僚と並びて撮れば老けしこと歴然として頬こけてゐる」があるので、生徒らと並んで撮る卒業写真ではなく、先生ばかりの集合写真であるのかもしれません。横に若い同僚が並び、おそらくは背も高い。その同僚と競うようにしっかりと背を伸ばし、しかし、心は「あと何回を写る」ことだろうと思う。生徒らのための卒業写真ではありますが、この歌の場合は、遠からずやってくる自らの卒業を思うような、心の揺らぎが垣間見えると言ったほうがいいのかもしれません。

私自身は、もう三十数年を大学で過ごしてきた人間です。ところがこれまでは卒業式というものにはまったく縁がなかった。研究所にいたため、毎年大学院生が新しく入ってきては、数年後には学位をとって出ていくというサイクルを何十年も経験してきました。しかし、それはどうも卒業というカタチとは違う。学位授与式というのはあるのですが、それはいっせいに何千人もを集めて行われる卒業式とはずいぶん違います。

先にも述べたように、自分の卒業式にも行きませんでしたが、息子の卒業式にも、娘の卒業式にも出た記憶がありません。ずいぶん薄情な親なのかもしれませんが、個人的には、卒業式という子の自立のための区切りの時に、親が「保護者」などと呼ばれて立ち会うのを苦々しく思っているものの一人なのです。学生たちには、卒業式を、親の保護の圏内から一気に脱出するための機会としてほしいと思っていますし、親は子離れの最後の機会と思ってほしいと考えるのです。

結婚――木に花咲き

人生のなかでも、結婚式ほど、晴れやかで待ち遠しく、しかも抱えきれないほどの不安を抱えてその日に臨むという日は、そう多くはないのでしょう。誕生が生の始めなら、結婚は第二の生の始めであると言ってもいいのかもしれない。

木に花咲き君わが妻とならむ日の四月なかなか遠くもあるかな

前田夕暮《まえだゆうぐれ》『収穫』

書かれていることが、そのまま作者の若い心躍《おど》りとなって表れているような歌です。拙著『近代秀歌』でも取り上げましたが、鑑賞をその一節に譲りたいと思います。

「なにより明るくのびやかな響きが魅力である。圧倒的に多いア母音（ほぼ半数）に、上二句ではキ音に代表されるイ母音が、軽やかなリズムを刻むようである。四月、それは多くの木々に花の咲く季節。しかも、その四月に、君は『わが妻』となってやってくるのである。春を待つ思いに、妻となってわがもとにやってくる女性を待つういういしい思いが重なり、祝婚歌の代表ともなった」

「祝婚歌」というのは厳密には違った意味になるかもしれませんが、自祝の歌と言っておきましょう。結婚式を待ち遠しく思う男女の、ある種の典型を示した歌でもあります。

前田夕暮のそんな待ち遠しい気持ちに接続するような新婚の歌を先に紹介しておきましょう。寺山修司の一首です。

きみが歌うクロッカスの歌も新しき家具の一つに数えんとする

寺山修司『血と麦』

寺山は実生活を詠うことのほとんどなかった歌人ですから、これが新婚生活そのものを詠ったかどうかはわかりません。しかし新妻を迎えようとする時に、あなたが歌っている

「クロッカスの歌」も家具の一つに数えようというところに、貧しい、しかし若い新婚生活がすっと見えてくる気がするのです。家具などもほとんどない貧しさのなかで、新妻の歌声だけが聞こえてくる。それで十分と寺山は言っているのでしょうか。この一首、新婚生活を始めたというより、これから始めようとしている二人という気がしませんか。

夕暮が「四月なかなか遠くもあるかな」と詠った、そんな待ち遠しい思いに、一日一日を暮らし、遂にその日に至った時、その式の日を、男はこのようにも詠んでいます。

我が為に花嫁の化粧《けはひ》する汝を襖の奥に置きて涙出づ

葛原《くずはら》　繁《しげる》『蟬』

別室で花嫁が衣装をつけられ、化粧をされている。花婿は襖《ふすま》のこちらからその気配を感じている。ほかならぬ「我が為に花嫁の化粧する汝」という思いは、男を涙ぐましくさせたのでしょう。私などは、まったくそのような気持ちになった記憶がないのが残念ですが、微笑ましくも、またその日の男の気持ちとしては追体験の容易な歌でもあるでしょう。

葛原繁の第一歌集『蟬』には、「歓喜」なるそのものずばりの章名をもつ一連があり、結婚式から新婚旅行、しばらくの別居を経て、一緒に家族寮に住むまでの二六首が収められています。この一首は、その四首目の歌。「歓喜」というタイトルの横に、「なべての光は幸福によつて静けさを増す」というニーチェの一節が挿入されていてしゃれていますが、光が静けさをまとって自分たちを包んでくれているという幸福感がその別室の静寂を充たしていたに違いありません。

雪つもる音聴きながら純白の衣裳無言に着せられゆきぬ

米川千嘉子『夏空の櫂《かい》』

同じ状況を女性の側から、米川千嘉子はこのように詠いました。同じ一連に「ひたすらに春の雪ふりて母うたふ祝婚の歌しみじみかなし」という歌もありますから、この雪は春の雪。降り積もる雪の音を聞きながら、ただ静かに無言のまま花嫁衣装を着せられている。自分が自分でないような感覚のままに、結婚式という場に「用意されていく」とでもいった気分でしょうか。弾けるような喜びの表現ではなく、もう少しつつましく醒めた感情が、静かにその刻《とき》の来るのを待っているといった風情です。

白き兎春風にかたまり売られゐる街ゆきて婚のこともしづけし

米川千嘉子　同

この一首も同じく内省的な歌であり、結句「婚のこともしづけし」には、どこかしんとした悲哀さえ感じさせますが、それでも上句「白き兎春風にかたまり売られゐる」には、兎の量感とともに、静かな喜びの感情が滲《にじ》み出ているようで、結婚を待つ女性の歌として忘れ難い歌であります。

母言はず吾も黙して衣解けば嫁くとふ事はかなしきものかな

馬場《ばば》あき子《こ》『早笛《はやふえ》』

われ人の妻と呼ばれて母去らば母は一度に老い迎ふべし

同

米川千嘉子が自らの「婚のこともしづけし」と詠った背後には、残していく父母のことがあったことは、集中のほかの歌からもわかりますが、馬場あき子は、自らの婚とそれを寂しむ母をより直截に詠っています。嫁《とつ》ぐ日の準備でしょう、母と二人で着物を解いて、仕立て直そうとしている。そんな作業の折節に、自分が嫁いでしまった後の母を思うのです。

母も作者も、意識して嫁ぐということには触れないように、黙々と衣を解いている。そんな仕事を二人でできるのも、あとわずかだと思うと、単純に結婚ということを喜ぶ気にはなれないとも作者は思うのです。

さだまさし作詞・作曲で、山口百恵《やまぐちももえ》が歌っていた「秋桜《コスモス》」に、結婚式の前日、庭先で母が古いアルバムを繰りながら思い出話を繰り返すという場面が出てきます。ふとそんな場面を思い浮かべますが、曲の最後は「こんな小春日和の　穏やかな日は　もうすこしあたの子供で　いさせてください」で終わっています。あなたの子供でいられる時間が、どんどん残り少なくなってゆく。その耐え難さは嫁ぐ前の女性の誰もが感じるところでもあるのかもしれません。

馬場あき子の母は幼い時に亡くなり、ここで登場する母は育ての母でした。二〇年間育てくれたその母から去って行こうとしている。残された母は「一度に老い迎ふべし」と心配せざるを得ない。実の親子ではないがゆえにいっそうの思いの深さがあったのかもしれません。多かれ少なかれ、女性は残しゆく父母に後ろ髪を引かれるような思いで、その日を待っているのだということに、厳粛な気持ちにならざるを得ません。若い時には、そんなことに気づくことさえもなかったのですが。

結婚式は、結婚する当人たちにとっては当然のことながら大きな出来事ですが、それを見守る両親にとっても、それは本人以上に、大切な記念すべきものでありましょう。

照りかげりまたたきのまに過ぎ去りし思いまぶしく子は装えり

橋本喜典《はしもとよしのり》『地上の問』

橋本喜典は窪田空穂《くぼたうつぼ》を師として、長く「まひる野」に拠って作歌を続けてきた歌人です。普段とはすっかり様子の違った子を目の前にして、作者には、子とともにあったこれまでの時間が、まさに「またたきのま」と思えたのです。その瞬きの間は、フラッシュバックのように「照りかげり」して、幾枚もの記憶の映像が畳みかけるように見えたのでしょうか。

思い返せば、子との生活は瞬く間の短さであった。これは大方の親なら実感するはずです。いつまで続くのかと思っていた子育ての時間の長さ。学校へ通い始めるようになると、いつの間にそんな学年になったのかと思うほど、今度は逆に時間が飛ぶように過ぎてゆく。時間の推移は決して一様ではないと思わせられますが、そんな時間の一つの結節点として、子の結婚式というのはあるのかもしれません。子が嫁ぐという以上に、親としては、子との時間を断ち切られる場でもある。

かたくなの左利きなるをかなしみし娘よ六月の花嫁となる

成瀬《なるせ》　有《ゆう》『流離伝』

ジューンブライドという言葉がありますが、その六月に結婚を迎えたのでしょう。なぜ特別に六月なのか。諸説あるようですが、ローマ神話のジュピターの妻がジュノー。六月（ジューン）は、もともとこのジュノーから取られています。ジュノーが結婚生活の守護神であったことから、この六月に結婚をした花嫁は、幸せな結婚生活を送れると言われるようになったようです。
結句「六月の花嫁となる」は事実そのままを言っただけのようですが、その祝われるべき六月に結婚をするわが娘《こ》よ、といった喜ばしい気持ちの表れでもあったのでしょう。その娘は左利きであった。おそらく親も子もそれを矯正しようとしたのでしょうが、ついに治らなかった。そんな他愛もないことが、いまこの場で思い出されるというのです。

私は、家族というのは、共に過ごした時間の記憶においてこそ家族であると思っています。平成二五（二〇一三）年のカンヌ映画祭で審査員賞を受賞した、是枝《これえだ》裕和《ひろかず》監督の「そして父になる」という映画では、子供が取り違えられていたことが後年になって判明するというストーリーでした。そこで鋭く問いかけられた問題は、果たして親子は、血によって親子なのか、それとも共に過ごした時間によって親子なのかという問題でした。どちらが正しいと、簡単に答えの出る問題ではありませんが、先の橋本喜典の歌も、成瀬有の歌も、子の結婚という場において、ともに時間が詠われているのは、やはり象徴的なことだと思わずにはいられません。

机二つつなぎ白布に蔽ひたりならぶるは皆妻の手料理　中島榮一《なかじまえいいち》『青い城』

鯛一尾たらざるもよし後の日の思ひ出として汝をことほぐ　同

中島榮一は土屋文明に師事し、のち『放水路』を創刊して、現実と自己を、自虐的なまでのユーモアを交えて詠った作者でした。大阪を中心に関西におけるアララギの中心的な作者でもありました。死後、長男の中島長文《おさふみ》氏が『中島榮一歌編』をまとめられたので、その全貌を知ることができます。この本がなければ、私などもその名前を知っているだけで歌を読むことはできなかったかもしれません。一つの時代を生きた歌人を、きちんと後世に残していくことの大切さを改めて思います。

中島榮一のこの歌は、その長文の結婚を詠ったものです。貧しかったゆえでしょうか、そういう時代だったということでしょうか、中島の家で婚の祝いの席がもたれたようです。「妻は厨にわれ表掃き水を撒く三月三日夕まぐれどき」という歌も一連にあり、夫婦揃っていそいそと祝宴の準備をしている様子がうかがえます。花嫁花婿とそれぞれの家族が集ったのでしょうか。小さな家の座卓では、みんなが一緒に座れるだけの大きさのものはなかったはずです。机を二つ並べ、白い布をかけてテーブルを作ったと言うのです。まさに手作りの祝賀の宴。祝賀の宴の料理はすべて妻が自分で作ったものだと言っています。私などは、昨今の大きな結婚披露宴というのには少なからぬ違和を感じてしまうものですが、このような祝賀の宴には懐かしいぬくもりが感じられる。

特に二首目の「鯛一尾たらざる」という状況が微笑ましくもとてもいい。花嫁の家族の分を間違えたのでしょうか。それともわかっていたけれどお金がなかったのでしょうか。いずれにせよ鯛が一匹足りなかった。せっかくの晴れの場なのだから、いくら高価であってもひとり一尾の尾頭つきを揃えたいというのは、当然の親心であるはずです。しかし、中島榮一は、それはそのままでいいのだ、そんなことさえ後には大切な思い出となるのだと、いっこうに意に介さないところが、中島榮一らしいところだと言えるでしょう。私たちにかろうじて伝えられている中島榮一という歌人の飄逸《ひょういつ》の味という解釈でいいのですが、あるいは、それは中島の精いっぱいの強がりでもあったのかもしれない。もっと想像力をたくましくすれば、結婚生活というのは、こういう貧しさのなかから始めるべきものだといった、中島特有の世界観であるのかもしれません。

どの家族にも、その家族のなかでだけ受け継がれてゆく伝説、エピソードといったものがあります。それが多い家族ほど幸せな家族であると言えるのではないでしょうか。誰かが、あの時、あなたが、と言えば、すぐさま誰かが、そうそう、あれはおかしかったよねえ、と応じる。それは取りも直さず「時間の記憶」にほかなりません。家族を家族たらしめているものと考えると、ほかにも大切な要素があるかもしれませんが、家族が家族としてもっとも強いつながりを感じるのは、そのような時間の記憶を共有していることを実感する時であることは間違いないことだと思われてなりません。

中島家でも、きっと後年、そうそう長文の結婚式の時、鯛が一匹足りなかったよね、などとほのぼのとした思い出として、繰り返し話題になったのかもしれません。

この子には着物を残してやれるのみ婚の準備のひとつもし得ず

河野裕子『蟬声《せんせい》』

結婚はひと月後《のち》に迫れども連れだちて鍋や皿など買ひにも行けず

同

河野裕子が娘の紅の結婚式に臨んだのは、乳癌の肝転移が見つかってほぼ二年後。亡くなる四か月前のことでした。初めのうちは効いていた抗癌剤も徐々に効かなくなり、その副作用で食べることも、歩くこともままならなくなりつつある頃でした。娘の結婚は母親にとっての最大の働きどころ。普通ならいそいそと連れだって買い物にいくところですが、それもできない。残してやれるのは、自分がもっているこの着物だけ、と思わざるを得ないのは、いま読んでも切ないものですが、「連れだちて鍋や皿など買ひにも行けず」ということを、何よりも済まなく思うのが母親というものなのでしょう。

実際、私たち家族にとっては、おそらく紅本人も含めて、結婚よりも、河野がこれからどうなるかということのほうが大きな問題でした。父親としての私自身も、結婚の準備などをすべて紅とその彼氏に任せたきり。娘の生涯のもっとも大切なイベントに、親として十分な心配りをしてやれなかったことは、今でも時折、小さな棘《とげ》のような痛みとして思い出すことがあります。

十分な準備もできず、母親本人が出席できるかどうかも危ぶまれた結婚式でしたが、実際には花婿側が友人たちを含めて五人。花嫁側は私たち夫婦と息子夫婦の五人。全部で一〇人だけという、とてもいい披露宴になりました。形式ばったことは何もなくて、一つのテーブルにそれぞれが向かい合って話が弾む。花嫁花婿そっちのけで、家族のみんなが楽しんだ数時間でした。

何より心配していた河野裕子が元気で、前日までほとんど食事ができなかったのに、その日の食事だけはほぼすべて食べてくれました。娘たちと別れて、家に帰り、河野と二人でもう一度ワインを開け、遅くまで話しましたが、少しだけ飲んでくれたそのワインが、たぶん河野が最後に口にしたアルコールだったでしょう。

「父や兄に庇はれ生き来しこの紅《こう》をガーゼにくるみてあなたに託す」（『蟬声』）という歌が河野裕子にありますが、親としての最後の務めをようやく果たすことができた、なんとか間に合ったという満足感を感じていてくれたと思います。疲れているはずなのに、夜遅くまでつき合ってくれたのでした。

家族としても、夫としても、最期に紅の花嫁姿を見て、亡くなったことをせめてものことだったと思わずにはいられません。その思いは河野にこそ強かったはずで、披露宴では愉しげで元気でしたが、その前の結婚式では、紅が私と手を組んで歩き始める時から、もうずっと涙を拭いていたのが哀れでした。

はじめから泣いてちゃ駄目だゆうこさん泪の意味は我のみが知る

永田和宏『夏・二〇一〇』

第二部　生の充実のなかで

出産——いのち二つとなりし身を

女性にとって出産という体験は、もっとも大きな経験の一つであるでしょう。それがどれほどの苦痛で、力が要るのか、大変なものなのかは、男には想像のできないところがあります。そして、どんなに苦しくとも、最後は自分が頑張らねば赤ちゃんは生まれてこない。途中で投げ出してしまうことができない。その壮絶さに、男は圧倒され、たじろいでしまいます。

むかし長男が生まれる直前、妻の枕もとで、旧約聖書の「雅歌《がか》」を読んであげようかと言ったのだそうです。ほとんど覚えていませんし、妻の創作ではないのかとも思いますが、「あの時はあきれたわよ」と、口癖のように言っては笑っていました。なんと能天気なと思わざるを得ませんが、男のほうはたぶんその大事業の前にひるんでしまっていたのでしょう。

初めて出産に立ち会う男はどうしても及び腰にならざるを得ない。できれば見ずに済ませたいと思うのでしょうが、この頃は男もその場に立ち会うことが多いようです。

ゴルフボールもテニスボールも持つてきて使はず終はる妻の分娩

大松達知《おおまつたつはる》『ゆりかごのうた』

赤子から離れて戻り来し家《いへ》に氷の溶けて白角《しろかく》はあり

同

これらの歌の初出は『桟橋《さんばし》』一一三号でした。一挙に九七首掲載された大松達知の「小舟」一連は、ほぼすべてが子の出産およびその直後の歌から成っていて、その迫力に驚きました。

一連は「許可証を首から下げて入りたる分娩室に十字架はあり」と分娩室に入るところから始まり、「頭頂が出てきたところ手鏡に映されてをり髪の毛が見えた」「ほんたうは双子だつたかと思ふほど胎盤がずるりずるりと出で来」などとずいぶんなまなましい実況中継が続いて驚かされます。ここまでなまなまと出産の現場を詠った歌は、あまりほかに知りません。

最初の掲出歌は、赤ん坊が無事に生まれて、ひとり家に戻ってきた時のもの。ゴルフボールやテニスボールは、出産の際に何かを握って苦痛に耐えるために持参したものなのでしょう。二首目はたぶん、ウイスキーも飲みさしのままあたふたと病院へ直行し、帰ってきた時にはもう氷もとっくに溶けていたという歌ですね。「白角」はサントリーウイスキーの銘柄。角瓶の一種です。「おほげさに言へば命に一献の朝ひとり飲む父として飲む」という歌が次にあります。「おほげさに言へば」と謙遜《けんそん》しているけれど、「命に一献」は実感だったはずです。またすぐ後に「七日目に〈唯我独尊〉と言はざれど湯浴みさせればひたによろこぶ」という歌もあって、ほとんど手放しの喜びようです。大松達知は昭和四五（一九七〇）年生まれ、私より二〇歳以上若い歌人ですが、四〇歳を越えて初めて得た子だったということもあって、その喜びも一入だったのでしょう。お釈迦さまじゃあるまいしと思いつつ、それでも照れることなく詠っているのが現代的です。

男もこんなふうに妻の出産を直視して、悪びれず詠むようになったのかと私たちの世代にはちょっとした感慨がある。私たちが同年齢であった頃は、異常に突っ張っていた時代でした。男は、自分の生活の身辺を詠むのではなく、もっと大状況（政治や社会、学生運動など）を詠まねばならないと「ねばならない」で縛られていた気がします。もちろんそれは、歌を作る上では却って貧しいことであったのかもしれないと、今なら思うことができる。歌では、何かを詠わねばならない、何かを詠ってはならないという「ねばならない」「してはならない」という規制は、歌を痩せさせることはあっても、豊かにすることはほとんどないと私は思っている。どんな日常的な些事《さじ》でも、どんな国際的な問題でも、なんでも歌にすることができます。自分のなかに、それを詠いたいという〈切実さ〉があれば、それら多様な歌の集積のなかに、おのずから作者の〈現在〉がくっきりと表れてくることになるのでしょう。

大松達知からの続きで、まずは男の出産の歌を取り上げてみましょう。

陣痛をこらふる妻とふたり居り世の片隅の如きしづけさ

高安国世『Vorfrühling』

陣痛に苦しむ声のきこえいて吾等冷き掌をかさねあう

坂田博義『坂田博義歌集』

高安国世の歌は昭和一五（一九四〇）年、長男の出産の時のものです。喜びもつかの間、高安の長男國彦は翌々年にあっけなく亡くなることになり、高安の悲痛な挽歌が残されます。坂田博義は高安の弟子。学生結婚をした彼は、この歌を成してまもなく自ら命を絶ってしまいました。

いずれも陣痛の妻に寄り添うという歌です。これまで気がつかなかったのですが、坂田の一首は高安の歌を意識したものかもしれません。高安の歌では「世の片隅の如きしづけさ」がいいですね。坂田の一首では上句「陣痛に苦しむ声のきこえいて」は、産院の別の部屋から聞こえてくる声なのでしょう。その苦しそうな声を聞きながら、これから妻に訪れるであろう苦しみを思い、二人で手を重ね合っている。どちらも、二人だけでこれから出産という難事業を乗り越えなければならない、その「二人だけで」という思いが、この世から隔絶されたような孤独感とともに、強い連帯感として実感される。そんな歌です。

産み終えて仁王のごとき妻の顔うちのめされて吾はありたり

大島史洋《おおしましよう》『わが心の帆』

ひっそりと陣痛の妻に寄り添っていたという先の二人の「真面目な」歌から一転、一読ちょっと笑ってしまいますが、これも実感でしょうね。大島史洋の第一子は、助産院の畳の上の出産であったようです。大きな戦いを終えたばかりの戦士としての妻。そこには男には太刀打ちできない迫力があった。いつもの妻という顔から、産むという戦闘を終えて、まだその興奮と火照《ほて》りのさめない時だったのでしょう。その「仁王のごとき」迫力に「うちのめされ」たと言う。白髪三千丈的な誇大表現が活きています。女性のたくましさに較べて男の影の薄さ。これがあるから男は最終的に女性に敵わないと思ってしまうのでしょうか。

へらへらと父になりたり砂利道の月見草から蛾が飛びたちぬ

吉川宏志『青蟬』

吉川宏志も大松達知とほぼ同世代ですが、二五歳の時に書いた評論「妊娠・出産をめぐる人間関係の変容――男性歌人を中心に」という評論で、現代短歌評論賞を受賞しました。早くから男性歌人が妊娠や出産を詠うことに興味をもっていたと言えましょう。その吉川が自らの第一子を得た時の歌です。

大島は「仁王のごとき妻の顔」に圧倒されていましたが、吉川の場合は、「へらへらと父になりたり」というところがおもしろい。妻のほうは否応なく膨らんでいく腹に、覚悟などという大げさな構えなどなく、ごく自然に母親になっていくように思いますが、父親のほうは、多くの場合、まだその覚悟もないのに、ある日突然、父という存在になってしまったという感じなのではないでしょうか。そんな照れ隠しのような「へらへらと」であると読みました。

吉川宏志には、同じ歌集で出産の少し前の妊娠期の妻を詠んだ歌に「文庫本散らかる部屋に寝る妻のふくらんだ腹またいでしまう」などというなまなましい肉感を伴った歌がありますし、「身籠もりし妻の自転車一冬《ひとふゆ》の埃をつけて枇杷の木の下」という美しい歌もあります。言うまでもないでしょうが、身籠ったゆえに、万一を考えて自転車に乗ることもなくなったことを詠っています。

子の出産のほかに、孫の出産が多く詠われるようになったのも、平均寿命の延びを反映しているでしょうか。

生れきて一日《ひとひ》たたぬにくさめしてまたおならしてみどりごは忙

伊藤一彦《いとうかずひこ》『柘榴《ざくろ》笑ふな』

これは伊藤一彦が爺さんになった時の歌。さすがにここには赤子のさまを楽しみながら観察する余裕が感じられます。生まれてまだ一日なのに、もうくしゃみをしたりおならをしたり、赤子はそれなりに忙しいものなのだと妙に納得している雰囲気。先に言ったように私には自分の子供の出産を詠った歌はありませんが、孫の歌ならいくつかあります。

抱けと言われたじたじともどりきたること冬のひかりがあたたかくなる

永田和宏『日和』

無造作に抱き上げてわれに差しだせる三たりの母となりたりきみは

同

これは息子たちに三人目の子が生まれた三日目だったか、病院へ行った時のもの。壊れそうな存在を抱くというのは、自分の子を抱くよりも心許ないものでした。さすがに三人目となると母親のほうは慣れたもので、ほいっといった感じで赤ん坊を差し出されてたじたじとなったものでした。

岬は雨、と書きやらんかな逢わぬ日々を黒きセーター脱がずに眠る

永田和宏『黄金分割』

この歌は普通は恋の歌として鑑賞されていますが、実は出産のため妻が長く実家に帰っていた時の歌なのでした。なんと半年以上もほったらかしにされて（!）、東京でひとり暮らしていました。こういう種あかしは歌を駄目にするので、もちろん恋の歌としてとっていただいているほうがありがたいのですが。

ここまでは、出産に立ち会った男性の歌ばかりを取り上げました。出産は、ついには女性の側のものであり、いかに主体的にかかわろうとも、男性はおたおたするばかりで、女性に対しては分《ぶ》が悪い。それに対して、女性はいかにも自信に充ち、威厳に充ちているようにさえ見えます。

悪龍《あくりよう》となりて苦《くる》しみ猪《ゐ》となりて啼かずば人の生み難きかな

与謝野晶子《よさのあきこ》『青海波《せいがいは》』

与謝野晶子は生涯に一二人の子を生み、ひとりは生後すぐ亡くなりましたが、先妻の子を含め一二人の子を育てました。昔は、たしかに兄弟だけで野球チームができるなどという家もありましたし、現在に較べればはるかに多産ではありましたが、それにしても凄いエネルギーだと思わないわけにはいきません。晶子の旺盛な執筆、文学活動をいっぽうに置いてみれば、なおのことそのエネルギーに圧倒される思いがします。

この一首は、歌集『青海波』中の一首。歌集『青海波』に至って晶子は初めて出産を正面から詠おうと決心したようです。古典和歌は言うまでもなく、近代短歌においてもそれまで出産を一つのテーマとして詠った例はありませんでした。その一種のタブーに正面切って挑戦しようとしたのが、『青海波』における二六首からなる、出産の歌の一連です。時に晶子三三歳。六度目の出産でした。

この一首には明確な晶子のメッセージがあります。晶子自身の文章を借りれば、

「妊娠の煩《わずら》い、産の苦痛《くるしみ》、こういう事は到底男の方《かた》に解るものではなかろうかと存じます。女は恋をするにも命掛です。しかし男は必ずしもそうと限りません。（略）産という命掛の事件には男は何の関係《かかわり》もなく、また何の役にも立ちません。（略）国家が大切だの、学問がどうの、戦争がどうのと申しましても、女が人間を生むというこの大役に優《まさ》るものはなかろうと存じます。（略）私は産の気が附いて劇《はげ》しい陣痛の襲うて来る度に、その時の感情を偽らずに申せば、例《いつ》も男が憎い気が致します。妻がこれ位苦んで生死《しょうじ》の境に膏汗《あぶらあせ》をかいて、全身の骨という骨が砕けるほどの思いで呻いているのに、良人《おっと》は何の役にも助成《たすけ》にもならないではありませんか」（「産屋物語」『与謝野晶子評論集』所収、岩波文庫）

となるでしょうか。ここから女性の尊厳、権利などの問題に発展するのですが、ここでは晶子のこのはっきりしたもの言いの爽快さをまず味わっておきたいものです。そして男の側としては、たじたじとならざるを得ないそのもの言いの迫力をも。

不可思議は天《てん》に二日《にじつ》のあるよりもわが体《たい》に鳴る三つの心臓

与謝野晶子『青海波』

晶子が『青海波』に出産の歌を発表したのは四女宇智子《うちこ》の誕生の時でした。なぜ「三つの心臓」なのでしょう。晶子は双子を身籠っていたのです。実際に生まれたのは一人であり、もう一人は死産でしたが、自分と胎児の二つの心臓、それら三つがひとつところに鳴る不思議を、天に二つの太陽があるよりも不思議だと述懐《じゅっかい》しているのです。不思議とは言っていますが、ここには凱歌《がいか》に近いおおらかな響きが感じられます。実は、晶子は三度目の妊娠の時も双子であり、これは二度目の双子の妊娠でした。そんなことにも私などは単純に驚いてしまいます。

まがなしくいのち二つとなりし身を泉のごとき夜の湯に浸す

河野裕子『ひるがほ』

河野裕子も妊娠の歌ですが、これは初産。「まがなしく」にその心細さが表れています。心細さとともに、別の生命が育ち始めている自らの身体をいとおしむような思いで「夜の湯に浸」したのでしょう。

先の吉川宏志の評論にも述べられていたように、近代の与謝野晶子、現代の河野裕子は、ある意味出産の歌の典型を作った歌人でした。与謝野晶子の「産屋物語」を紹介しましたが、河野裕子にも「いのちを見つめる」(『体あたり現代短歌』所収、角川学芸出版)という評論があります。昭和四八年七月号の「短歌」の座談会で、当時出産間近の河野が出席し、妊娠し、お腹が大きくなって思うことは「生と一緒に死というものもはらんでしまったという、その暗さというものはとうてい男にはわからないんじゃないかなァって気がするの」と言ってのけ、馬場あき子ら並みいる女性歌人たちを圧倒してしまったことは、よく知られたエピソードになっています。それを受けて「いのちを見つめる」では、

「孕んだとき、自分がそれまで全く予測していなかった自分に出逢った。胎内に内在している律、自然律、あるいは生命律が、私の思惑など全く関与しない貪欲な活動を始め、胎児の心臓を作るときは私の身体全部が心臓に、肺臓を作るときは私の身体全

部が肺臓になって、胎児と私の身体は別々の鼓動を搏ちながら、まるごとひとつの完成を目指した。その遮二無二な、せき止めようのないエネルギーに圧倒された。なまあたたかく、ぐにゃぐにゃで、どろどろで、まっ暗で、支離滅裂で、とらえようのない、わけのわからないもの狂おしさが、アメーバーの触手のように私にからまりついて離れなかった。それは、遠い太古の、いのちの始まりの、日も月もない海の混沌そのものにちがいなかった」

と書いています。

吾《あ》を産みし母より汝れの父よりもいのち間近にわが肉を蹴る

河野裕子『ひるがほ』

子とわれのみの知る胎動の外にして父なる汝れのすでに寂しく

同

これらの歌は、まさに河野の発言の如く、内側から母親を蹴る「わけのわからない」ものとの一体感を詠っているものでしょうし、それは「子とわれのみの知る」ものであって、それから疎外されている「父なる汝れ」にはとうてい実感できないものだろうと詠うのです。

寒いほどの不安の中にいたことを君は知らざりあの時も今も

前田康子《まえだやすこ》『キンノエノコロ』

河野裕子が「胎動の外にして父なる汝れのすでに寂しく」と詠ったのと同じように、河野より一世代若い前田もまた、妊娠時の夫との乖離《かいり》を詠います。「寒いほどの不安」はとてもいい表現だと思いますが、その不安を共有できない、あるいはしてくれなかった存在としての夫へ、どこか責めるような口調が感じられる歌でもあります。女性にとって、妊娠、出産というのは、それほどに大きなことであるのだと改めて知る思いがします。

いまわれが産み落とされし感覚に瞑《つむ》るとき子は横に置かれぬ

米川千嘉子『一夏《いちげ》』

みどりごはふと生れ出でてあるときは置きどころなきゆゑ抱きゐたり

今野寿美『世紀末の桃』

身にそへておかれし吾子《わこ》に見入りつつ涙とまらずなりにけるかな

五島美代子《ごとうみよこ》『暖流』

嬰児《みどりご》を出産した直後の歌。米川千嘉子は、産後の疲れから、深い眠りに落ちようとしたのでしょうか。自らが産み落とした子のはずなのに、「いまわれが産み落とされし感覚」がすると詠っています。わかるなあ、などと言えば、与謝野晶子や河野裕子から叱られそうですが、なんとなくわかる気がする一首です。さっきまであんなに苦闘していたはずなのに、今は産み落とされて静かに眠る子との、自他の区別の曖昧なまでの一体感が表現されていると読みました。

今野寿美は、産むという行為の不思議な感覚を「ふと生れ出でて」と詠んでいます。苦しみはあったのでしょうが、出産が終わってしまえば、その苦しみも雲散霧消《うんさんむしょう》。自然にぽんと生まれてしまったような気さえする。その存在感さえ稀薄な嬰児ゆえに、「置きどころ」もない感じがすると詠うのです。どこに置いても危うい気がする。だから母親はその嬰児を抱いていると言う。なるほどと思わずにはいられません。

そんな微妙な不安感をもう少し武骨に不器用に詠ったのが、五島美代子の一首でしょう。「涙とまらずなりにけるかな」のあまりにもベタな表現に、却って率直な出産の喜びが出ているように思います。

しんしんとひとすぢ続く蟬のこゑ産みたる後の薄明に聴こゆ

河野裕子『ひるがほ』

出産後の朦朧《もうろう》とした意識のなかで、いっしんに鳴き続けていた蟬の声。ほとんど幻聴に近いものであり、このとき実際には蟬は鳴いていなかったのかもしれないと河野自身が後で述べています。しかし、産むという苦しみのなかで喘《あえ》いでいた時間から、ようやく産み終えた静謐《せいひつ》な時間へ移っていく時、まるでどこか別の世界で鳴いているような「ひとすぢ続く蟬のこゑ」があった。安堵とも充足とも不安ともつかない複雑な思いのままに薄明《はくめい》を目覚めていたのでしょうか。

森閑と冥き葉月をみごもりし妻には聞こえいるという蟬よ

永田和宏『メビウスの地平』

私には妻の出産の歌はないと言っていましたが、この一首は例外的で、河野裕子の「しんしんと」の歌に呼応する歌です。「妻には聞こえいるという蟬よ」と言っている通り、私には少しもそんな記憶がないのです。でもきっと聞こえていたのだろうなと思いたい。そんな気分が一首の背後に感じられます。

それから三十数年後、死の間際に河野は再び蟬を詠いました。

子を産みしかのあかときに聞きし蟬いのち終る日にたちかへりこむ

河野裕子『蟬声』

八月に私は死ぬのか朝夕のわかちもわかぬ蟬の声降る

同

いずれも最終歌集『蟬声』の歌です。『蟬声』は、手帳や身の回りの紙類、薬袋やティッシュの箱などに残っていた歌、口述筆記で家族が書き留めた歌なども含めて、河野の死後に刊行された遺歌集ということになります。『蟬声』というタイトルは、歌集を出版した私たちの長男、永田《ながた》淳《じゅん》が提案しました。河野の「しんしんと」の歌は、まさに淳が生まれた時の歌です。淳の提案に一も二もなく賛成しましたが、河野裕子の忌日、八月一二日を「蟬声忌」と呼ぼうかなどと話したことでした。

労働の日々——通勤の心かろがろ

以前の職場は大学といっても研究所でしたので、つき合うのは大学院生ばかり。学部生とは縁がなく、就職活動というものの実体を知らないままに過ぎてきました。新しい大学に移り、学部生が卒業研究のために研究室に入って来るようになって、就職活動が俄かに身近なものに感じられます。

一一月になって就職活動、いわゆるシューカツが解禁になると、就職を希望する学生たちの服装がいっせいに黒に変わります。ネクタイを締め、慣れない口調で「オンシャ」などと言い始める。どこか痛々しい感じがするものですが、長い長い就職活動の始まりです。

送りかへされ来し履歴書の皺つきしに鏝あてて又封筒に入る

近藤芳美《こんどうよしみ》『早春歌』

少し笑みしスーツのわれを思ひ出す不採用通知を前に私は

澤村斉美《さわむらまさみ》『夏鴉《なつがらす》』

近藤芳美は昭和一三（一九三八）年、東京工業大学建築学科を卒業して、清水建設に入社します。建築技師として、設計図を引く仕事などが歌の素材となりますが、この一首は、その就職がまだうまくいかない時代の歌でしょう。昭和一二年の作。誰にも覚えがあることかもしれませんが、履歴書を書いて会社に送る。それが送り返されてくる。気持ちが萎《な》えてしまう瞬間です。

履歴書は、昔はすべて手書きでした。一枚一枚丁寧に書く。ところが、せっかく心を込めて書いたものがあっけなく送り返されてくる。今のようにそんな履歴書はえいやっと屑《くず》籠《かご》に捨ててしまおうというわけにはいきません。手書きですから、書き直すとなればたいへん。皺《しわ》に「鏝《こて》あてて又封筒に」入れるというのです。次の応募のためですが、こういう小さな具体に、まさに時代の変化を感じざるを得ません。

近藤芳美の不採用の歌から七〇年後、同じように不採用の悔しさを詠った女性がいました。澤村斉美です。澤村は平成一八（二〇〇六）年に角川短歌賞を受賞した歌人ですが、大学院を中途退学して、就職することになります。掲出の一首は、それがまだ決まらない時の歌でしょう。「少し笑みしスーツのわれ」は履歴書に添付した写真に違いありません。無理をしてよそいきの笑顔を作って写した写真。無理をした笑顔であったから余計に惨めな思いになったのかもしれません。目の前の不採用通知と、おそらく返却されてはこない履歴書。自分の手元に戻ってくることのない自分の笑顔を、不憫《ふびん》に思ったのでしょうか。

私も一度企業に就職をしました。今の学生さんたちには申し訳ないことですが、当時の状況はいわゆる売り手市場。就職活動での苦労というのはまったく経験したことがありません。いっぽうで私の息子の就職する時期は、まさに就職氷河期と言われる時代。親として惨めな口惜しい思いをしたことがありました。そのような需給のバランスの指標だけで、ある場合には、ほとんど無駄とも思える就職活動を余儀なくされる若者たち。シューカツ生活に入って行くと、言葉遣いまでが杓子《しやくし》定規な、怖ろしく平凡なものに変わっていくのを見ているのは、いつも、教師としてしんどいことだと思わずにはいられません。

ありふれた秋の新曲流れいる喫茶の卓で履歴書を書く

吉川宏志『青蟬』

面接の終わりしビルは夕あかり一日《ひとひ》で決まる一生《ひとよ》はなけれど　同

吉川宏志は、参考書などを出版する出版社の編集者として勤めることになりますが、これはそれが決まる前の歌でしょうか。喫茶店のテーブルで、しかも「ありふれた秋の新曲」が流れている店で履歴書を書いているというところが、いかにも現代的。しかしその〈現代的〉も、世相史のなかの現代性でしかなくなる日がくるのでしょう。遠からず、履歴書はコンピュータのなかにしか存在しなくなるのではないか。この〈現代的〉な歌そのものが郷愁として思い出されるのは、そう遠いことではないのだろうという気がします。

二首目は、面接を終えて会社を出てくる時の歌です。ビルの壁面が夕日に赤く染まっていたのでしょうか。面接は文字通り一生を決める重大なイベントです。しかし、いくら重大だからといって、それで自分の一生が決まってしまうものでもあるまいし、と作者はひとり言《ご》ちます。うまくいったのか、いかなかったのか。それについては一言も言いませんが、教師としては、学生がみんなこんなふうに思ってくれるとうれしく、頼もしい。「一日《ひとひ》で決まる一生《ひとよ》」なんかあるものか、自分の一生が、これしきのことで決まってしまってたまるか、くらいに思っていてほしいものと常に願っているのです。

この一首は、当然、栗木京子の有名な一首を下敷きにしているでしょう。栗木京子の代表作と誰もが認める、「観覧車回れよ回れ想ひ出は君には一日《ひとひ》我には一生《ひとよ》」（『水惑星』）の歌です。友人と遊園地へ遊びにゆき、二人だけで観覧車にも乗った。作者にとってはとても楽しい一日。忘れることなんてとてもできないと思います。でも、自分にとっては一生消えることのないと思われる今日一日の思い出も、あなたにとってはわずか一日だけの思い出にしか過ぎないのかもしれないと思ってしまうのです。恋以前の恋の儚《はかな》さ、可憐さを蔵して、多くの人に膾炙《かいしゃ》する一首です。

もちろん栗木の歌が断然よく知られていますが、吉川の一首も、いい面構えをした歌だと思わずにはいられません。

勤めつつ馴れゆく街のさびしさはいずれの道も降り海に行く
清原日出夫『流氷の季』

馴れゆきてさらにさびしき日々の勤め本読む妻を残して眠る
同

六〇年安保闘争の時期を、京都の立命館大学の学生として過ごした清原日出夫も、やがて卒業とともに就職せざるを得ませんでした。病気のため、ほとんど就職を諦めていた清原でしたが、師の高安国世や「塔」の仲間たちの助けもあって、病気の回復とともに、兵庫県庁への就職が決まります。ここに挙げた二首は、就職直後の歌ですが、学生時代、権力に対する強い闘争をしてきた清原にとって、いかに身過ぎ世過ぎのためとはいえ、県庁という役所に勤めることには複雑な思いがあったはずです。職を得たという手放しの喜びが詠われることはありませんでした。

一首目は就職して、ようやく勤めの道筋にも馴れてきた頃の歌でしょうか。どの道も坂になっていて、その先には海がある神戸の街。その発見が、新しく赴任した地に対する親和性として、静かな落ち着きのなかに詠われます。しかし、それは喜びよりは寂しさに直結している。それが清原にとっての就職ということだったのでしょう。

二首目は、馴れれば馴れるほどさらに寂しくなると、職業人としての己を詠っています。結婚したばかりの妻は、まだ学生として大学に通っています。その妻が夜遅くまで勉強をしている。しかし自分は明日の勤めのために先に眠らなければならない。学んでいる妻と見較べて、自らをさげすむ気分になるという歌もこの作者にはありますが、就職が決して喜びとは意識されない場合も多くあることでしょう。私自身にとっても、就職は決して自ら望んだ選択ではなかったので、清原のこの思いには強い共感を覚えてしまうのです。

ここまではいわゆる「シューカツ」の歌を取り上げましたが、さてめでたく入社が決まると、すぐさま通勤ということになります。大都市ではこの朝晩の通勤が辛く、またさまざまの思いを誘うものです。

私自身、厳密に調べたわけではないのですが、どうも出勤の歌よりは、退社の歌のほうが多いような気がしています。今日一日のさまざまの思いがあれこれ思い出される。悔しかったことやしまったと思ったこと、逆にほのぼのと楽しかったことも当然あるでしょう。そんないろいろな思いに、一日の疲れも重なり、歌の素材が多く見つけられそうです。実際には出勤や退社は、どんなふうに詠われているでしょう。

通勤の心かろがろ傷つかぬ合成皮革の鞄に詰めて

松村由利子《まつむらゆりこ》『薄荷色《はっかいろ》の朝に』

松村由利子は毎日新聞に勤める、いわゆるキャリアウーマンでした。たしか科学関係の部署で活躍していたように記憶しています。歌集『薄荷色の朝に』のあとがきに「朝の通勤電車の中で歌をつくると言うとかなり驚かれるが本当である」と自ら記すように、朝、出勤途上で、職場にかかわる歌が多いのがこの歌集の大きな特徴になっている。

この一首では第三句にある「傷つかぬ」がじつに微妙に、そして意味を危うく反転させるように上句と下句とを連結しています。読者は「通勤の心かろがろ傷つかぬ」と読み進みます。「かろがろ」と「傷つかぬ」は整合しているので安心して読むわけですね。ところが実は、第三句は四句以下を修飾する形容だったことが直後にわかるという構造をもっている。「傷つかぬ合成皮革の鞄に詰めて」。少々の接触では傷つくことのない「合成皮革」、その鞄に自分の心を詰めて出勤するというのです。「傷つかぬ」は「心」ではなく、鞄だった。と、わかったところで、作者の「心」は毎日、相当に激しい傷つき方をしているに違いないことが直感されるのです。「かろがろ」と言っているところに、自己に対する強いアイロニーがあり、傷つきやすい精神を何とか保とうと背筋を張っている様子が見えてきます。

女性が職場で自分を出していこうとするにはさまざまの軋轢《あつれき》があるのでしょう。同じ歌集に「通勤の途上不安が満ちてくる仔猫が一匹足りないような」という歌もありますが、こちらはずっと素直に通勤途上の不安を詠っています。やはり通勤時に歌を作っていたのかと思わせます。松村は現在そのような通勤から解放され、石垣島に居を移し、フリーのライターとして科学畑のエッセイをはじめいろいろな分野で活躍しています。

弥次郎兵衛われは揺れつつ通勤の車中より見るとほき鬱の樹

影山一男《かげやまかずお》『天の葉脈』

この一首は出勤時の歌とはあからさまには言っていませんが、これから社へ向かう時の鬱々とした気分ととっておくべき歌でしょう。通勤電車に「弥次郎兵衛」のように揺れながら、人の頭越しに遠い樹を見ているのでしょうか。ゆらゆら電車の揺れのままに揺られている自分に較べて、はるかに見える一樹のなんという存在感の大きさ。朝日のなかに、輝いて見えれば見えるほど、しかしその樹の抱えている内なる洞《うろ》の暗さも作者には感じられているのかもしれません。「とほき鬱の樹」はかなり大胆な断言ですが、それは作者自身なのかもしれない。
同じ歌集に「吊革に揺らるる眠り　夢に入るソプラノは照らすわが心奥《しんあう》を」という歌もあります。ちょっとわかりにくい歌ではありますが、吊革につかまりながらうとうとしているサラリーマンの内奥にソプラノがまばゆい光を放っているのでしょうか。

働くためそしてわづかに眠るため一日に二度わたる江戸川
田村《たむら》　元《はじめ》『北二十二条西七丁目』

この覚えにくいタイトルの歌集は田村元の第一歌集ですが、田村は昭和五二（一九七七）年生まれで、「りとむ」に所属する若手歌人。ここでは実験的な作品も試みられてはいるものの、率直な労働の現場の歌も多く収められており、若手の歌集として好感をもって読むことができます。この一首では、「一日に二度わたる」が当たり前のようでいて不思議におもしろい。出勤すれば退社にも同じ経路を使うのは当然ですが、そうだよなあと腑《ふ》に落ちるところがあり、こういうところがたくまざるリアリティなのだと言ってもいいのでしょう。「江戸川」という固有名詞もいかにも平凡で、そこがいい。そして「働くためそしてわづかに眠るため」には、サラリーマンの実感が押しつけがましくなく出ていて、共感することができます。

同じ歌集に「企画書のてにをはに手を入れられて朧月夜はうたびととなる」があります。企画書に手を入れられるのは新人としてどうこう言うところではない。しかし、それが「てにをは」であったところに、歌人としての誇りがいたく傷つけられた。しかも文学などくにわかりもしない上司に！「朧月夜」がやや出来過ぎの景であるところが惜しい。

出勤の歌より、退社の歌が多いと思うと書きながら、やや出勤の歌に偏《かたよ》ったかもしれません。最後に極めつけの退社の歌を挙げておきます。

昏れ方の電車より見き橋脚にうちあたり海へ帰りゆく水

田谷《たや》　鋭《えい》『乳鏡《にゅうきょう》』

田谷鋭は国鉄に勤め、太平洋戦争で召集されて衛生兵として勤務します。戦後国鉄に復帰しますが、国鉄から派遣されてレントゲン技師の資格をとり、定年まで国鉄に勤めることになります。

田谷鋭の代表作とも言える一首ですが、通勤の車中から見た河口付近の景でしょう。「橋脚にうちあたり海へ帰りゆく水」という描写が、水の動きの力感と、遠近感に由来する景の彫りの深さをともども感じさせてくれる歌になっています。田谷鋭の作品には、このような景を切り取る時の鋭さが随所に見られますが、この一首ではさらに、その静かに「帰りゆく水」が作者にだけ見られているというところに意味があるでしょう。

平成二六（二〇一四）年一〇月に刊行された私の新著『現代秀歌』でもこの一首は取り上げました。そこでは「しかし、いっぽうでこの電車の乗客の誰ひとりとして、その水に注目している人はいないのだということにも、作者は気づいている。ただひとり田谷鋭だけが、その水の静かな営みを見ているのだ。ここには、生活に追われながら、しかし生活人となり切ってはしまえない作者の、かすかな寂しさが影を落としている」と述べています。もう少し鑑賞したい歌ですが、『現代秀歌』をお読みいただければありがたく思います。最後に田谷鋭の同じ歌集からもう一首、「銀行の二階がこよひ灯りゐていまだも励む処女《をとめ》ら見ゆる」を紹介しておきましょう。これも印象深い退社時の歌です。

ここでは「労働の日々」と言いつつ、職を得るまでのいわゆる就活の歌と、出勤・退社の歌に限って例歌を取り上げてきました。もちろん労働の本質はそこにはなく、労働の現場にこそあるべきと言うことができるでしょう。しかし、労働の現場の歌、そのなかでのさまざまの葛藤や口惜しさ、辛さなど、取り上げていけば、それだけで優に一冊の書に匹敵するだけの多様性をもっています。その意味からここでは切り口をそのようなものに絞ったのでした。

今では「戦後アララギ」と称される、戦後の一時期の活発な運動がありました。「アララギ」の土屋文明が、アララギ会員を力強く牽引していた時期にあたりますが、その頃の文明によるスローガンは「生活即短歌」というものでありました。労働の現場の歌にこそ、戦後という新しい時代の困難を切り開いていく突破口があるという文明の判断からでした。「労働者の叫びの歌を」とも呼びかけられ、文明の考えに共鳴して、数えきれないほどの「現場」の歌が作られてゆきました。そしてそれは労働者だけでなく、主婦にも、学生にも大きな影響を与え、また希望を与えるものになり、戦後の一時期の「文明選歌欄」は、潑剌《はつらつ》としたエネルギーに満ちた特異な場となったのでした。

しかし、現代の歌壇では、労働の現場の歌というのはむしろ少数派になっています。それにはいろいろの理由がありますが、一つには労働の質が均一化して、多様性がなくなってきたことも大きな理由かもしれません。いま一つは、歌の文学的価値が第一に考えられるようになり、より高い次元の修辞や象徴性を目指すという風潮が、特に前衛短歌以降顕著になってきたこともなんらかの影響を与えたとも言えます。

しかし、大多数の歌人にとって、一日の大半を過ごしている職場、大きな力を注いでいる労働の現場、それらが歌の素材にならないはずはありません。そこにこそ現在の自分のもっとも切実で大切な部分が顕《あらわ》れるはずだと断言してもいいかもしれません。私は、もっともっと労働の現場の歌が出てきてもいいのではないか、それこそが、人間存在のヴィヴィッドな現在性を映しているはずだと考えています。

貧しかりし日々——扱きためし僅かの麥に

形容詞は多くの場合、対になる言葉によって概念が構成されます。〈暑い〉には〈寒い〉があり、〈高い〉には〈低い〉があって、これら一方だけでは、形容詞としての役割を果たすことができない。そして、また多くの場合、それらの意味は相互に対比的な言及性によって、一方の意味が規定されます。難しいことを言っているようですが、要は、〈低い〉という概念がなければ、〈高い〉という概念はない。〈高い〉という言葉だけでは、その意味は成立しないのです。比較によって、意味が規定されると言ってもいい。

そのような対照のもっとも際立つ形容詞の一つが〈貧しい〉というものではないでしょうか。互いに対比的な意味の構成において、もっとも切実な対比をなすものの一つが、貧しさと豊かさであるのかもしれません。

『広辞苑』では「貧しい」という項目は、「金銭・物資などが乏しい。貧乏である」と説明されていますが、これでは十分な説明とは言えません。それを『新明解国語辞典』は「ほかの家よりもお金・物資が少なくて、生活が苦しい状態だ」と説明しています。これは断然『新明解』に軍配を上げたい気がします。この「ほかの家よりも」が大切なポイントでしょう。〈貧富〉と言う時の〈貧〉の意識は、どこかに富んだ人びとを想定しないでは、実感できないものです。あるいはもう少し意地悪く、自分が金持ちだと実感するのは、どこかに貧しい人びとを思い浮かべる時であるなどと思う人もいるかもしれません。そういえば「隣の貧乏は鴨の味」という諺《ことわざ》もありました。たとえ微差であっても、人間はどうしても自らをほかと比較したがる存在であるようです。

谷を置きて貧富分るる丘二つ貧に住みつつ嫉《にく》むにもあらず

落合京太郎《おちあいきょうたろう》『落合京太郎歌集』

向こうの丘は金持ちが住む住宅地、こちらは貧しい人びとの住む地域ということでしょうか。「貧に住みつつ嫉むにもあらず」に作者の主眼があります。向こうは向こう。こちらはたしかに貧しいが、向こうと比較して嫉《ねた》んだり憎んだりする気は起こらないと作者は呟《つぶや》く。しかし、「嫉《にく》むにもあらず」という感想を敢えて言うことによって、作者は自らの内なる屈託に気づいてもいたはずです。とにかく「嫉ましい」という感情がいったんは作者のなかに生起していなければ、そもそも「嫉むにもあらず」という否定語は出てくる余地もなかったのですから。

「貧に住みつつ嫉むにもあらず」という作者の感想から、ふと映画「天国と地獄」を思い出しました。黒沢明《くろさわあきら》監督の名画。三船敏郎《みふねとしろう》と山﨑努《やまざきつとむ》がじつに好対照のキャラクターと演技を見せましたが、丘の上の白い豪邸を日々見つつ過ごしている山﨑努の暗い眼が印象的でした。仲代達矢《なかだいたつや》の刑事を交えた三人の個性が鮮やかに交錯する、抜群の映画でした。特急「こだま」の窓から金を投げるというトリックも意表を突くものでしたが、この映画を真似たかのような、「吉展《よしのぶ》ちゃん誘拐殺人事件」などが後に引き起こされたことでも知られる映画です。

ここでも、丘の上に〈富〉があるから、低地に住む〈貧〉がことさら惨めに思われる。毎日、丘の上の白い家を見ながら、それを自らの貧しい生活に対比し続けることによって、山﨑努演じる誘拐犯の内部には、知らず知らずのうちに暗い憎悪の芽が育っていってしまいます。みんなが貧なら、それは憎しみとしては育たない。ところがすぐ横に手の届かない富の象徴が嫌でも目につくようになると、自らの貧の不条理に耐え難くなるのが人間の情でしょう。格差社会と言われる社会構造が問題になっていますし、これは待ったなしの問題でもありますが、格差とはまさに貧と富の差以外のなにものでもありません。

めし粒をこぼしつつ食ふこの幼貧《をさな》の心をやがて知るべし

長澤一作《ながさわいっさく》『松心火《しょうしんか》』

貧しさに冥《くら》むわが生《よ》をうち拓《ひら》き愉《たの》しきまでに子はよくぞ食《く》ふ

筏井嘉一《いかだいかいち》『荒栲《あらたえ》』

長澤一作、筏井嘉一ともに、貧しい生活を詠っていますが、ここでは貧しさを自覚していない子供たちの「食ふ」という動作によって、親の惨めさが救済されている図と言えましょう。「めし粒をこぼしつつ食ふこの幼」が、「貧の心をやがて知るべし」と詠う長澤の歌では、子は、〈まだ〉貧を実際には知らない。まだ知らないということは親にとってはやすらぎではありますが、いずれはそれを知ることになる、その憐《あわ》れが長澤の一首の主題だと言ってもいいでしょう。筏井の歌でも、貧しい生活のなかで、その貧しさとはかかわりなく、「子はよくぞ食ふ」と感心しているのです。子のそんな無頓着なたくましさが、「貧しさに冥むわが生をうち拓き」と感じられているのでしょう。本来ならもう少し食う量を減らしてくれと言いたいところでもあるのでしょうが、あまりにも無頓着によく食う子を見ていると、それに却って勇気づけられる思いもする。

貧しい生活も、ほかの豊かな生活と対比しなくても済むような状況では、それなりの心豊かさもあるものなのです。比較するから惨めになるのだという側面がたしかにあります。

戦後の一時期、日本はもちろん極端な窮乏状態にありました。私自身にはかすかな記憶はありますが、惨めだったという記憶はない。まだ幼すぎたのでしょう。しかし、当時の日本は、ほぼ誰もが貧しかった。みんなが貧しい状態では、苦しさはあっても、貧しいことによる惨めさはありません。ほかが裕福だから、自らの貧しさが惨めなのであって、誰もが貧しければ、貧しさというそのことも意識にはのぼらない。戦後の生活は苦しく大変だったには違いありませんが、貧しさのなかにカーンと明るい何かがあった。

扱《こ》きためし僅かの麥に鼠來て夜半に洋服箪笥にしまふ

高安国世『眞實《しんじつ》』

鼠《ねずみ》は日常生活のなかで、たしかに大敵ではありました。私も小学校の時、鼠捕りにかかった鼠を川の水に沈めて殺したことを覚えています。麦《むぎ》や米はどこに置いておいても鼠にやられてしまう。どこか安全な場所はないか。思いあぐねて、とうとう洋服簞笥《だんす》に麦をしまったと言うのです。なるほど洋服簞笥とは考えついたものですが、生活のこのような具体は、戦後の一時期の大変さを表してはいても、決して惨めさとは映りません。むしろほのかなユーモアをたたえている。そして、そうそうみんなこんなのだったよな、と読者を巻き込んでいく一般性をもっています。一般性があるということは、それが普通のことであったということでしょう。生活を維持することに必死であり、貧しいという意識さえも国民にはなかったと言っていいのかもしれません。

貧しさのいま霽《は》ればれと炎天の積乱雲下をゆく乳母車

永田和宏『無限軌道』

これまでの作者たちの貧しさとはずいぶん様相が違いますが、私の若かった時代の歌を紹介しておきます。この時期、私は二児の父となっていましたが、思うところあって、足かけ六年勤めた会社を辞め、大学で無給の研究員になっていました。研究者としての生活を選んだのでした。将来に確たる約束や保証があるわけではなく、妻子を養うということからは、まことに無茶な選択でしたが、不思議に悲愴感はありませんでした。アルバイトはしていたものの、無給になったのですから、もちろん貧しい生活であることは間違いありません。しかし、自ら決心した選択であり、貧しさそのものをはればれと誇らしく思いながら、乳母車を押してゆく。そんな若い気負いの出た一首です。

貧しさはあくまで比較の上で強く意識されるものであって、みんなが同じように貧しければ、卑下したり、必要以上に惨めに思ったりという感情からは遠くいられるものではないかということを書きました。いっぽうで、貧しいがゆえに、自らのなかに否応なく見えてしまう嫌なものを詠わずにはいられなかったという歌もあります。

貧しさに追はれていつか卑しきを銭に覚えぬ四十路《よそぢ》近づき

若山牧水『くろ土』

貧しさに追われて生活をしていると、知らず知らずの間に、自らのうちに「いつか卑《いや》しき」ものが巣を張っているのにはっと気づくことがある。この一首は、少し難しい歌ですが、私は「銭に覚えぬ」を、何か金銭が関係した場で、自らの卑しさを深く思い知ったととりました。

牧水というと、もう少し向日的な楽天性を思い浮かべる人も多いかもしれませんが、このような冷徹な自己省察もまた牧水という歌人の一面でもありました。貧しさゆえに、知らぬ間に身のどこかに垢《あか》のようにひっそりとこびりついた「卑しさ」。己のうちの卑しさ、さもしさに敏感になっている牧水を感じますが、それは嫌みな卑しさではなく、哀しい卑しさとでも言うべきものであるでしょう。

吾がもてる貧しきものの卑《いや》しさを是《こ》の人に見て堪へがたかりき

土屋文明『往還集』

拙著『近代秀歌』でも取り上げた一首ですが、この歌の一首前に「ただひとり吾より貧しき友なりき金《かね》のことにて交絶《まじはりた》てり」という歌があります。自分より貧しい友はただ一人であった。もちろん作者も貧しい。そんな貧しい二人は貧しさを接点にして互いに親しくしていたのでしょう。ところが、なにか金のからむ出来事があり、その金のことであんなに大切にしていた交わりを絶ってしまったというのです。「貧しければ貧しいだけ、わずかな金の貸し借りが、大きな亀裂を生むことがある」（前掲書）とは、悲しい人間の真実だと言わざるを得ません。

なぜ土屋文明が、その絶交を、何年も歳を経た後に痛い思いで振り返るのか。それはとりもなおさず、自らのうちにある「貧しきものの卑しさ」をその友のうちに見てしまったからなのでしょう。貧しさを経験したことのない人間には、ほとんど気づかれないようなわずかなことだったのかもしれません。しかし、自らも貧しくあったがゆえに、友のなかにある「卑しさ」が否応なく見えてしまい、それが耐え難い。耐え難いのは、友の卑しさではなく、自らのうちにある卑しさだったのに違いありません。

貧しかりしかの夜われを追いつめしひとつ言葉は燠《おき》として飼う

永田和宏『荒神』

先に、私が職を辞めた時の、貧しいなかにもはればれと乳母車を押すという歌を挙げましたが、同じ時期にこのような一首もあります。貧しくとも精神の昂揚が行動を支えている間はいいのですが、そんな気力が萎《な》えてくると、ちょっとした言葉に傷ついたり、いらいらと人にあたったりもする。情けなくなる瞬間です。自分はそんな小さな人間なのかと、自己嫌悪に陥るのもそんな時なのでしょう。

貧しく、そしてスランプに近いくらい落ち込んでいた時、ある言葉が殊更《ことさら》に私の心を深く抉《えぐ》るようなものであった。普通の時に聞けば、何ということもない言葉だったはずなのに、自分が受けた傷は意外に深く、その傷ついたと思うことによって、これしきのことにと自分を責めるところがあってさらに傷つくという、負の連鎖をきたしたことがありました。

そんな言葉は忘れられるものではなく、燠火《おきび》のようにひっそりと、再びは燃え立たないように飼うほかはないと、そういう歌なのでした。誰にもそんな言葉の幾つかはあるに違いありません。

少年貧時のかなしみは烙印のごときかなや夢さめてなほもなみだ溢れ出づ

坪野哲久《つぼのてっきゅう》『百花《ひゃっか》』

貧しさが、卑しさやさもしさとして意識されるとすれば、少年時に経験した貧しさは、否応なく後々までつきまとう哀しみとして記憶されざるを得ないでしょう。そしてそれは生涯にわたって、「烙印《らくいん》のごと」く消えない記憶として残るのかもしれません。「母とふたり報恩講に餅を売りしかな瞼《まぶた》にしみておもひみんとす」という歌がこの一首と同じ一連にありますが、夢に見たのは、そのような母とともにあった貧しい少年時の記憶だったのでしょうか。

結句の「なみだ溢れ出づ」は、感情に溺れた表現のようにも見えますが、一連のなかで読むと、読者にはむしろ坪野哲久の「強い涙」として感じられるのが不思議です。「強い涙」とは、忘れられない暗い記憶としての哀しみではなく、むしろ〈忘れてはならない〉「少年貧時のかなしみ」として思い出されるところに溢れる涙だからなのでしょう。涙のたびに「忘れまいぞ」という思いを、自らのうちに掻き立てていたのかもしれません。

したたれる水道の栓を締めにたつ貧しき過去よ貧しきいまよ

上田《うえだ》三四二《みよじ》『雉《きじ》』

上田三四二にこんな歌があったのかと、改めて驚きました。上田三四二といえば、医者でもあり、小説家でもあり、歌壇での評論活動もよく知られている。狭い歌壇の枠を超えて活躍していた歌人です。あまり貧というイメージは思い浮かばない。

日常のまこと平凡な一挙措《いちきょそ》でしょうが、そこに深い恥の思いが揺曳《ようえい》しているようです。蛇口からポツリポツリと、ほんのわずかな水が落ちている。無視すればなんということのない音でありますが、上田三四二はそれが気になって、書き物をしていた机からわざわざ立って行って、それを止めたというのです。

なんら恥じることのない、当然の動作であるはずですが、そんな動作をわざわざ歌にした時、上田にはその動作にまつわる過去の思いが強く意識されたのでしょう。幼い時、繰り返し水道の栓を締めるように親から言われ続けたのかもしれません。「貧しき過去よ」と言い、「貧しきいまよ」と言い直す。過去の貧しさが、今もなお、尾を引くように続いているという意識。それは必ずしも卑下という意識ではないでしょうし、むしろそんな貧しさのなかに育った自らの生をいとおしむような気分さえ感じられますが、しかし、ああいつになっても抜けない貧乏根性よと、いまいましくも感じたのかもしれません。「三つ子の魂」という通り、いくら現在裕福になっても、貧しかった過去の習慣はそうやすやすと消えるものではないと再確認した歌だと言えるでしょう。

金にては幸福は齎《もたら》されぬといふならばその金をここに差し出し給へ

安立《あんりゅう》スハル『この梅生ずべし』

幸せは金《かね》では買えないとは、安物のドラマなどでよく耳にする言葉ですが、この一見もっともらしい言葉にぴしゃりと平手打ちを喰わせたのが、安立スハルのこの一首でしょう。金では幸福が買えないと言うのなら、その金をここに出してごらんよ、と啖呵《たんか》を切ったという雰囲気。一知半解《いっちはんかい》な他人からの受け売りを得意げにしゃべっている人への舌打ちでしょうか。あるいは世の中の、わかったようなもっともらしさへのもの言いでしょうか。爽やかな格好良さが、鮮やかに際立った一首です。

同じ歌集に、「もう一つの頰を差し出すといふ心になりたることのつひになかりき」という歌もあって、これもやはり世の中のそれらしい言葉への深い懐疑を覗かせた一首というべきです。「右の頬を打たれたら、左の頬を差し出しなさい」というのは、マタイによる福音書、あるいはルカによる福音書に出てくるフレーズ。これも人口に膾炙しているものでしょう。しかし、安立スハルはそれに対して、私は正直に言えば、「もう一つの頬を差し出すといふ心」には、ついに一度もなったことがないわよ、と言ってのけるのです。どちらの歌も、深く考えもせずにみんなが口を揃えて言うもっともらしさへの嫌悪感が、爽やかに表現された歌として記憶に残る歌です。

子の死・親の死——をさな子のあな笑ふぞよ

貧しくとも、日々働くことに充実感をもちつつ時間を送る。男にとっても、女にとっても、三〇代、四〇代はまさに働き盛り、いわゆる壮年期と呼ばれる時期でしょうが、そんな充実した日々の時間のなかでも、時として耐え難い試練を味わわねばならない場合もあるものです。

私はまだ三歳のとき結核で母を亡くしましたが、その分、幼年期からずっと父を失うということに異常に臆病なところがあったように思います。もちろん結婚してからはそのような思いは遠くなっていきましたが、おそらく片親という環境で過ごすことによって、唯一の肉親としての父を失うことは、自分の基盤が崩れるような予感をもっていたのかもしれません。かなり幼い時期から自分が父親を守らなければならないと必死に思っていたのは、相当に屈折した心理であったのでしょう。そんな父親も予想外に長生きをし、九〇歳で亡くなった時は、ショックを受けることがあまりに少なくて、幼年期のあの頼めのなさ、不安はなんだったのだろうと、却って愕然とするほどでした。

とまれ、親の死は子供にとって、そして家族にとって、確実に一つの時代の終わりを感じさせるものであることは間違いありません。この章では、親の死と子供の死を取り上げますが、まず親の死がどう詠われたかを見てみましょう。


女らのただに明るく浄むるに朝ひとひらの魔羅となりつる

辺見《へんみ》じゅん『雪の座』

喉ぼとけことりと落ちて逝きたまう昼サイレンの鳴りいずるかな

同

辺見じゅんの父は角川書店の創業者、角川源義《かどかわげんよし》でした。この二首は父の臨終を詠ったものですが、歌集『雪の座』全体が父の挽歌集でもあると言えるのかもしれません。

一首目には「父、昏睡に入る」なる詞書がある。辺見を含め、その場にいた女性たちが、昏睡に入った父を清拭《せいしき》しているのでしょう。明るい部屋の電気のもとに晒《さら》された父という肉体にはすでに意識がない。父であり、師でもあった角川源義、辺見にとっては冒しがたい尊厳に満ちた存在であった父が、今こうして「ひとひらの魔羅」となってしまったという悲哀。精神を通してのつながりであったものが、奇妙にリアルな現実として目の前に横たわっていることに、どこかいたたまれない違和感を覚えたのでしょうか。あるいは父が保護者から被保護者へと立場が逆転したことへのそれは違和であったのかもしれません。

次の一首にも、「昭和五十年十月二十七日、午前十一時五十八分、父、肝臓癌のため死去。秋空の晴れた日であった。行年、五十八歳」という詞書《ことばがき》（歌の動機や主題、成立事情などを前書きとして記したもの）がついています。亡くなった直後に、まるでそれを知らせるかのように昼のサイレンが鳴ったというのです。そののびやかなサイレンの音が、父の死を否応もなくたしかなものとして定着しようとしていると感じられたのかもしれません。「喉ぼとけことりと落ちて」に、生から死へ渉《わた》ろうとする一瞬がリアルに感じられる気がします。

先の一首の「魔羅《まら》」と、この一首の「喉ぼとけ」は、いずれも父の一部でありつつ、父そのものの全体を象徴するものでしょう。生前は大きな存在であり、近寄り難い威厳に満ちていたのかもしれませんが、今は家族に看取られながら、小さな一個の肉体となって死んでゆく父、それには、哀しみとともに、癌の苦しみからようやく解放されるという安堵も少しは交じっていたに違いないと思われます。

くちびるをきつとむすべるが美しと人ら見て言ひぬ死にたるものを

森岡貞香《もりおかさだか》『敷妙《しきたえ》』

この歌も厳しい目をもった一首というべきでしょう。死者を取り囲んでいる人々の感想でしょうか。この死者は「くちびるをきつと」結んでいて、美しいと誰かが言う。そうだねと同調する人もいる。死者の枕元で交わされるそのような会話に、ざらざらした違和感をもったのでしょうか。

森岡貞香の母は九九歳という長寿をまっとうし、亡くなりました。森岡は戦後の混乱期に、夫を病気によって亡くし、幼い長男と二人の生活になりましたが、昭和二二年からはその母と一つ家に暮らしてきたといいます。息子が独立してからは、長い時間、母と二人の生活のなかで、不思議に濃密な精神的なつながりを感じさせる歌を作ってきました。

その母が亡くなった時、人々は口々にその死顔の美しさを言う。その美しさを唇に代表させて言っているのですが、作者はそんな会話に対する苛立ちに近い感情をもったのではないかと私は思います。安っぽい言葉で死者を批評しないでほしい。「死にたるものを」という結句に、どこか突き放したような響きが感じられないでしょうか。

母を美しいと言ってくれる人々の言葉をありがたいと感じているという、もっと率直な解も否定はできませんが、一首の調子から、私は逆の感じととっておきたいと思います。

ちょっと特殊な例を挙げてみたいと思います。河野裕子の父、河野如矢《ゆきや》は平成一四（二〇〇二）年五月五日に亡くなりました。三日の日に京都の私たちの家に来たのですが、それから一日少し、五日の午前一時頃だったのでしょうか、突然亡くなってしまいました。家族の誰も気づかない死でした。呉服商という商売をそっちのけにして、野菜作りや魚釣りにのめり込むなどという一面もあるおもしろい人でしたが、次に挙げる五首は、実はその死を、私たち家族がそれぞれの立場から詠んだ歌なのです。

杖つきて野菜育てし夫の掌の胸に組まれてまこと小さし

河野君江《かわのきみえ》『秋草抄《あきくさしょう》』

火葬炉のスイッチを押しき二度押しき泣かざりしかも長女のわれは

河野裕子『庭』

屑籠というもののなき霊安室鼻紙はまるめてポケットにしまう

永田和宏『後の日々』

真新しき革のベルトが悲しかり最後に貰う許可なく貰う

永田　淳『1／125秒』

亡き人の声を頭の中で聞く私の中より出ることもなく

永田　紅『ぼんやりしているうちに』

河野君江は裕子の母。一連に「常よりも穏やかに眠れると右向きの額に触りて夫の死を知りき」という歌もあるように、朝になってその死を知ったのでした。寝室が別だったこともあって気づかなかったのでしょう。「散髪は死の四日前まだ黒髪の残る言いつつ刈りてやりしに」などという歌もあり、直前まで普通の生活をしていたのにと信じられない思いが強く感じられます。

河野裕子の一首は、葬式の後の火葬に立ち会う時の歌です。滋賀県の田舎であり、夜に火葬場まで運び、家族が見守りながら焼くのです。火のスイッチを入れるのは長女の裕子の役目でした。私の歌に「長女という名に呼ばれたるわが妻が裏手にまわりスイッチを押す」（『後の日々』）という一首もありますが、火葬炉の裏の、パイプが縦横に走っている狭い空間に河野と一緒に入って行ったのを覚えています。「抱へあげ柩に移しし三人の中の一人に淳が居るなり」（河野裕子『庭』）とも詠っていますが、家族や親族が中心に、ご近所の人たちが大勢集まってすべて取り仕切って進んでいく、典型的な古き田舎の葬式でした。

私の歌も、火葬場へ行った時の歌。「義父を焼く炉の火を裏から確かめて夜の更けまでを親族は待つ」（『後の日々』）という歌も作っています。夜に焼くのがその地方の習慣らしく、世話をしてくれていた町の役員さんも帰ってしまい、火の具合やいつ火を止めるかなども、遺族が勝手にやるというものでした。火葬場には霊安室も併設されており、そこで思わず泣いてしまった時、ティッシュの捨て場所がなかったという歌です。些事であるには違いありませんが、そんなちょっとしたどうでもいいことに、実は悲しみが強く貼りついたりするものなのではないでしょうか。

淳と紅の二人は、祖父の死を詠うことになります。祖父の如矢にいちばん懐《なつ》いていたのは淳でしたし、如矢も淳をもっとも可愛がっていました。二人はよく近くの川へ魚釣りにも行ったはずですが、淳がのちに釣り雑誌の編集者になったのも、そのあたりに遠い因《いん》があったはずです。残された革のベルトをそっと貰《もら》ってきた。形見分けというより、祖父を自分のもっとも身近に感じ続けていたいという気分だったのだろうと思います。「この人の一生は何だったたろうベルトを喪服のズボンに通す」という歌も次にあります。祖父のベルトを通しながら、そのつつましい一生を問い直しているというところでしょうか。

紅の一首は、ぐっと抽象的ですが、亡き人の声がまだ聞こえている。その声は頭のなかでだけ聞こえてくるもので、もはやこの世の空間に響いてくる声ではないと言います。「私の中より出ることもなく」に、幻の声として、頭のなかでしか聞くことのできなくなった祖父の死の悲しみが表れています。

家族のなかの一人の死を、妻、娘夫婦、そして孫たちと、それぞれの立場で詠うという、ちょっと変わった場合を紹介してみました。それぞれの捉え方が出ているように思いますが、言うまでもなく、どんな死であっても、肉親の死がどのように感じられるかには典型というようなものがありません。それぞれが心の奥深くにしまいこんで生きていくものなのでしょう。私たち家族は、たまたまみんなが歌を詠むという不思議な家族になってしまっていましたので、肉親の一人の死をそれぞれみんなが歌にし、歌集に残すということになったのでした。

親にはいつか死に別れなければならない。それは誰にも訪れる時間でもありますが、一方、何より耐え難い試練は、わが子を失うという場合であるのかもしれません。この悲痛さ、悲惨さは、どんなに同情してみたところで本人の嘆きに届くはずがないという気もします。次に、触れるのがはるかに辛い、わが子の死を詠った歌を紹介してみましょう。

笑ふより外はえ知らぬをさな子のあな笑ふぞよ死なんとしつつ

窪田空穂『鳥声集《ちょうせいしゅう》』

玉きはる命のまへに欲りし水をこらへて居よと我は言ひつる

島木赤彦《しまきあかひこ》『氷魚《ひお》』

窪田空穂は、近代歌人の巨匠というにふさわしい人ですが、亡くなった母、そして亡くした妻を詠った歌でもよく知られます。そしてわが子を亡くした悲痛な歌も作っています。歌集『鳥声集』は、集のはじめに二人の子が麻疹《ましん》から百日咳にかかり、生死の境をさまようという出来事があり、その終りに近く、次女なつを死なせてしまうという悲痛な体験の歌が並んでいます。子の親としては、読み進めるのがまことに辛い一冊なのです。

一首目は、大正四（一九一五）年四月、次女のなつを失った時の歌です。消化不良から脳膜炎を併発します。「病気と心附いたのは二十日で、翌日はもう脳ををかされて、昏睡状態に陥つてしまつた。二夜二日を呻きつづけて、二十二日の夕方、その呻き声も次第に弱ると、俄に右に向き左に向いて、あざやかに笑顔をつくつたを見ると、同時に絶息してしまつた」と詞書にあります。詞書にはさらにそれを見ている親の心情もつづられていますが、亡くなった後の歌も含めて五〇首以上の歌が、なす術もなく手をこまねいていなければならない親の悲しみを伝えていて、読みつつ泣いてしまいます。歌を作ることの業《ごう》のようなものを否応なく考えさせてしまう一連でもあります。

言葉もまだ自由には使えず、笑うこと、泣くことが意志を伝える手段でしかない幼子。その「笑ふより外はえ知らぬをさな子」が、いま死のうとする瞬間に、「あな笑ふぞよ」というのです。昏睡状態ではあったのですから、それがどのような意志の伝え方であったかはもとよりわかりませんが、親としてこれほど切ない場面もないというべきでしょう。同じ一連には「生《は》えずとてうれへし歯はもかはゆきが灰にまじりてありといはずやも」という骨揚げの際の一首もあり、涙を誘います。なかなか生えてこないと心配していた子の歯が、灰のなかにまぎれもなくあった。その小さな歯にさえ、親は涙するしかなかったことでしょう。

島木赤彦の歌は、長男政彦《まさひこ》の死を詠ったものです。政彦は先妻の子でしたが、一入いとおしい子でもありました。この政彦の死を詠んだ一連が「逝く子」であり、二六首の連作として『氷魚』のなかでも大事な一連になっています。この一連については、『近代秀歌』でも述べていますので、ここでは簡単にこの一首だけについて触れておきましょう。

「幼きより生みの母親を知らずしていゆくこの子の顔をながめつ」という一首の次に「玉きはる」の歌が置かれています。母親さえ知らず育ってきた子がいま逝こうとしている。喉が渇いた、水がほしいと言ったのでしょう。その子の命が終わるという時にさえ、それを堪《こら》えよと言った父親としての自分の言を耐え難いものとして思い起こしている歌です。良かれと思い、なんとか生かしてやりたいという親心ゆえに強いた我慢であったのでしょうが、還らぬ今となっては、それも後悔するばかりだったことでしょう。

帽子きて柩に入りし汝《なれ》ゆゑに歩む姿の間なくし思ほゆ

高安国世『Vorfrühling』

生れし日雪ふみて見に來給へる父母が今日の汝も見給ひぬ

同

高安国世は私の歌の師ですが、若い頃、まだ幼い長男を亡くしました。第一歌集に、自らの子の挽歌を置かねばならない悲しみに見合う言葉はありません。この一連「颱風」には、次のような詞書があります。

「九月二十日朝長男国彦高熱、附近の医師を招いたが診断を差控へられ正午になり、学校から帰つてみると早や意識不明で痙攣を始めてゐる。大学病院内科に勤務の兄に頼み、小児科に入院の手続をする。午後二時入院、日曜にて主任不在。手当を加へるうち颱風烈しき午後八時二十分こときれる。翌朝そのまま出棺火葬」

そっけないまでに事実そのままを叙した文章ですが、行間に滲む悲しみと憤りのこもごもに感じられる文章です。親として何もしてやれなかったという悔いは、何よりも大きかったろうと思います。

一首目では「帽子きて柩に入りし汝《なれ》ゆゑに」がなんとしても悲しい。いつも遊んでいたその帽子を着せてやる。昨日まであんなに元気だったのに、この帽子を被って遊んでいたのにと思うと、その「歩む姿」がしきりに思い出されると詠います。

出棺の時、父母が駆けつけてくれました。その父母は、国彦が生まれた時も一緒に駆けつけてくれた人たちでした。生まれた日と同じように、また今日も駆けつけてくれておまえを見てくれている。一つ違うのは、今日はお前はもう生きていないということだけだ、というのです。作者も悲しいが、父母も悲しい。父母の悲しみを思うことでますます悲しく、そして申し訳なく思う。そんな歌でしょうか。

浄められし子のなきがらににんげんの男《を》のしるしあり声なく見たり

高野公彦『水木』

炉のそばに風はなかりき柩には江戸死産児と貼り紙がある

江戸《えど》　雪《ゆき》『Door』

近代の歌人に較べると、さすがに医療の進歩のゆえでしょうか、幼子を亡くす歌は少なくなっているように思いますが、現代の歌人の歌から子を亡くした歌を二首挙げてみます。どちらも死産によるものです。

高野公彦は、結婚の翌年、初めての子を得ますが、なんということかそれは死産でした。初めて「にんげん」としてこの世に出てきた子には、「男のしるし」がたしかにあったことに、やりきれない悲しみを詠ったものです。「声なく見たり」にその言葉にならない悲しみの核が感じられます。

江戸雪の一首では、まだ名もない自分たちの子の火葬を待っている時の歌なのでしょう。名をつける暇もなく、「江戸死産児」としか呼ばれることのない「わが子」に、どのような言葉も追いつかないという気がします。淡々と述べられている景の平凡さが、却って強く悲しみをあぶりだします。

子の死を詠った歌を六首挙げましたが、どの歌にも、このような解説的な文章を附《ふ》すことが躊躇《ためら》われるような厳粛な悲しみがあります。歌の言葉は、解説の言葉、まして日常の言葉よりはるかに強い作者の感情を表し得るものだと改めて思わずにはいられません。

このような特に子の死などを詠うのは、忘れたいはずの悲しみを、その薄皮をもう一度ひっぺがすようなひりひりした痛みが伴う作業であるはずです。しかし、にもかかわらず、私たちはその辛さ、苦しさ、悲しさを詠おうとする。その理由は私にも実はよくわからないところがありますが、一つ実感として言えることは、歌を詠うことによって、今は実態として消えてしまった存在にそっと寄り添ってやることができるということかもしれません。

退職——雁の列より離れゆく一つ雁

平成二五（二〇一三）年三月でいちおう大学を退職することになりました。六五歳。いちおうと言うのは、このあと客員教授として、研究室のスタッフや大学院生らとともに、五年ほど研究を続けられることになっているからですが、形式的にとはいえ、退職というのにはそれなりの感慨がありました。

多くの男性にとって、退職という区切りは、人生のなかでももっとも大きなイベントの一つであることは間違いないところでしょう。入社より、格段に多く退職の歌が詠まれてきた所以でもあります（もっとも入社の時には、まだ歌など始めていない若者が多いという事情が大きいのでしょうが）。

雁《かり》の列より離れゆく一つ雁おもひて書きぬ退職願

高野公彦『天泣《てんきゅう》』

高野公彦が編集者としての生活を終わろうとする時の歌です。これは定年による退職ではなく、まだ五〇代前半でありながら、歌人として生きていこうと決心しての退職でありました。自ら決意しての退職ではあっても、それは「雁の列より離れゆく一つ雁」の心境でもあったのでしょう。「雁の列」は秋の季語でもありますが、棹《さお》になったり矢になったりしながら、一列に渡っていく雁にはどこか健気《けなげ》という形容が当てはまりそうです。

そんな集団としての「雁の列」から、一人離脱してしまうという心細さ、不安もあるのでしょうか。列のなかにいる時は、その束縛をうっとうしく思う時も当然あったでしょうし、職場での人間関係にも煩《わずら》わしいものがあったはずです。しかし、集団のなかに匿《かくま》われているという安心感もまたまぎれもなくあったはずで、いざ職を辞すると決意した時、「離脱」という思いが不意に突き上げるように胸を衝いたのかもしれません。辞めてしまうということもさりながら、その意志をいま「退職願」として表明しようとしているというある種の昂《たかぶ》り、昂揚《こうよう》感が背後に静かに流れています。

職棄つるすなわち職に棄てらるる切刃のごとき風はせめ来ぬ

小高《こだか》　賢《けん》『液状化』

小高賢もほぼ同世代の歌人です。高野と同じく編集者でしたが、こちらもまた、まだ勤められるという条件を振り切っての退職だったと思います。その思いが上句に表れているでしょう。職を棄《す》てようとしている。自らの意志で棄てようとしているのだけれど、それは「すなわち職に棄てらるる」ことでもあるのだと、はっと気づく。「切刃のごとき風」の痛さは、長年勤めた職に見捨てられるような心の痛みでもあったでしょう。多くのサラリーマンに共通する心情のはずです。自分一人がこの職場を去っても、職場は、なんの痛痒《つうよう》もないかの如く今までと同じように続いていくだろう。何人もの先輩たちを送り出してきた。その時には気づかなかった思いが、わがことになった時、俄《にわ》かに強い疎外感となって表れたのだと思います。

記憶せり柊二の歌の七七よ「これより緩く生きてゆくべし」

小高　賢『液状化』

同じ時の歌にこんな一首もあります。下句は宮柊二《みやしゅうじ》の「医の恩に養はれつつ斯く癒えてこれより緩《ゆる》く生きて行くべし」（『獨石馬《どくせきば》』）を踏まえています。宮柊二は、新歌人集団の一員として、近藤芳美とともに戦後の歌を牽引するのに中心的な役割を果たした歌人でしたが、後半生は糖尿病をはじめとするさまざまの病気に苦しめられた歌人でした。「医の恩に養はれつつ」には、そのような背景があります。小高賢の一首は、自らの退職に際して宮柊二の歌、なかんずくその生き方を述べた一首の下句を思い出したという歌なのですが、当然のことながら自らの今後もそのように「緩く生きて」みたいという意志の表明、あるいは希願でもあるでしょう。

『宮柊二とその時代』（五柳書院）のなかで、小高は、身体的に頑健であった宮の若い時代について述べた後、「つまり身体にはかなり自信があったのであろうか。病いにそれほど関係のなかった人間が、長年の無理によって変調をきたす。その典型のような気がするのだ」と、糖尿病を発症した時期の宮柊二について述べています。その思いはまた自らの今後を思い、その無理を戒《いまし》める思いでもあったのでしょう。私自身も、小高のこの一首に自らを重ねざるを得ません。

実際の小高賢は、退職後は神保町に事務所を借り、若い編集者らを集めて一緒に仕事を考えるなど、精力的に活動を続けていました。そして平成二六（二〇一四）年二月、突然事務所で脳梗塞に倒れ、そのまま帰らぬひとになりました。彼が「緩く」生きられたかどうかはわかりませんが、退職後の充実した生活を十分に楽しんでいたことだけは、友人として確信をもっています。

階段を踏みくだりつつ中間《ちゆうかん》の踊り場暗し勤《つとめ》を今日去る

宮　柊二『多く夜の歌』

雨負ひて暗道《くらみち》帰る宮肇君絵を提げ退職の金を握りて

同

宮柊二も歌人としての生活を択《えら》び、まだ若くして職を辞した作家ですが、これは退職の日の歌。いつも使っている階段の踊り場、そんな普段気にも止めない場所が俄かに懐かしく、あるいはこんなに暗かったのかと今さらながらに驚く。同じ場所であっても、どういう状況で見るかによってその表情はまったく違ったものになるものです。

二首目はどこか哀切で、侘《わび》しく、まだみんなが貧しかった時代の雰囲気をよく表して、印象深い歌です。「宮肇《はじめ》君」は宮柊二の本名。本名で働いていた職場は、歌人としての生活とはおのずから違った側面をもち、もう一つの自分、あるいは分身としての存在に自らを仮託していたような時間であったことでしょう。もちろん宮肇として勤めていても、歌人としての宮柊二という名は職場のなかでも知られていたに違いなく、ちょっと後ろめたい居心地の悪さをも感じながらの勤めであったことは想像に難くない。その居心地の悪さは、私自身もずっと感じ続けてきたところでありました。

そんな宮肇君が、ようやく意を決して退職をすることにした。ほっとした気持ちと、さあこれからは歌人として生きるのだという奮い立つような思いもどこかにあったはずです。

退職記念にもらった絵と、退職金（なんと、この頃は現金で渡されていたのだ！）を握って、雨の夜の暗道を帰る。サラリーマンとして生きてきた己を、貧しく小さな市井の人として肯定しつつ、寂しさと安堵とを綯《な》い交《ま》ぜに感じていたのでしょうか。歌人宮柊二が、宮肇君に寄り添うように一緒に歩いているような気さえします。

定年の間近となればおのずから遠慮しているひとときのあり
大島史洋『遠く離れて』

ホチキスの部分をちぎりシュレッダーに十年分の書類を捨てる
同

仕事ゆえ謝罪したりしいくつかをなんのはずみか考えている
同

退職後の日々と題して書き始めしパソコンの日誌すぐに忘れて
同

職退きて気ままな午後の歩みなり今日は踏みゆく禁煙マークを
同

大島史洋は大手の出版社に勤めていましたが、その退職前後の歌には、多くの平均的なサラリーマンの、定年に際しての感慨が淡々と描かれています。誰もが感じるようなごく普通の感慨があまりにも典型的に述べられているので苦笑してしまうほどです。

一首目の「おのずから遠慮しているひとときのあり」には、「定年」という言葉が強いる、ある種の引け目、意味のない後退感が、あまりにも率直に詠われています。

二首目では机の整理の現場が「ホチキスの部分をちぎり」という具体によって、手触りのあるものとして示されました。そんな些細なことまで言わずとも、と感じる読者もあるかもしれませんが、この一見文脈とは関係のない動作こそが、「十年分の書類を捨てる」という作業を単なる「説明的な」叙述から救うことになっています。

三首目では、仕事だからと割り切って、謝罪したはずなのに、そんなある日の自分を、「なんのはずみか考えている」というのです。「なんのはずみか」とは詠っていますが、定年を控えて不意に蘇《よみがえ》ってきたその思いは、会社員としてただ謝るしかなかった悔しさが、ついに忘れ去られることなく生活の時間の基底に生き続けていたことの苦い確認でもあったのでしょう。長く封印してきたはずの思いが、定年という、規範からの離脱のタイミングで不意に湧き上がったということなのかもしれません。人間というのは、そのような普段は人には見せられない思いをひそかに背負いながら歩いている存在なのでしょう。

勤めていた時の厳しさに比して、退職後のあっけらかんとした解放感をそのまま詠ったのが、四、五首目です。一念発起して始めた日記もすぐにつけ忘れ、散歩では禁煙マークを意味もなく踏んでいくという子供じみた仕草がわれながらおかしい。楽しくも、またまぎれもない寂しさが感じられないでしょうか。

ともしびに頭《づ》を近づけて定年をひかへし人が罫引きてゐる　篠　弘『濃密な都市』

篠弘は、大手出版社に勤め、多くの百科事典の編集などを手掛けた出版人です。この一首は定年間近の先輩、しかし会社内の序列では部下にあたる人に対する複雑な視線を詠んだ歌です。大島史洋の歌にあった、定年間近になって、否応なく感じてしまう「遠慮」の思いを、まわりの人間はどのように見るのでしょうか。罫《けい》を引くという作業には今やレトロな雰囲気が感じられますが、一本の線を引くにも定規を当ててきっちり引くような几帳面な人の背が見えるようです。「ともしびに頭を近づけ」るようにして、一心に罫を引く人。そんな動作にも、その人が長い人生の時間を会社員として「勤め上げて」きたという雰囲気が強く感じられます。

作者自身、これまではあまり意識したこともなかったその人の側面だったのでしょう。あるいは上司として、その存在さえあまり強い印象に残らなかった社員なのかもしれません。自分の意識の外辺で、目立たないが堅実に勤めてきた人生があったことに、敬虔《けいけん》な思いを抱いたのでしょうか。

そんな作者が自分の定年のことは次のように詠っています。

さまざまのことは忘れむ辞する日の迫りて昼の爪を切る音

篠　弘『凱旋門』

上句には大島と似た感情の動きが感じられます。いろいろ嫌なこともあった。もうそんなことはすっかり忘れてしまおうと自己に言い聞かせているかのような歌です。強い思いを伴った感情のはずですが、それを下句でさりげなく「昼の爪を切る」という、ほとんど無意味な動作に転位させたところで、歌としての深みが出てきたというべきでしょう。もう少し言えば、「昼の爪を切る」時間を取れるようになったということが、即、定年間近になったということでもあるのでしょう。管理職として長く職にあった作者には、昔ならとてもそんな時間はなかったのかもしれない。

一片の忠誠とついの卑屈とを負い生きしなれ春にごる窓

近藤芳美『アカンサス月光』

大島にも篠にもあった鬱屈《うっくつ》した思いは、近藤芳美の歌にも明らかに見て取ることができます。建築にかかわる仕事に長年かかわってきた近藤ですが、そして自らの職業にかかわる歌を多く残し、工学士としての職に誇りをもってきたと思われていた近藤ですが、その作者が「一片の忠誠とついの卑屈」とを負って生きてきたと吐露《とろ》しているのです。「春にごる窓」というぶっきらぼうな結句には、どこか吐いて捨てるような口吻《こうふん》が感じられます。しかもそれが、人生最後に自らに花をもたせてやりたいはずの退職という場で詠われたという重さ。

「一片の忠誠とついの卑屈」。これはあまりにも自らに過酷な総括ではないでしょうか。自らの生涯の全否定というにも近いこの口吻、怒りに近い悲哀は、ようやく勤め上げたという健気な達成感とは対極にある認識であり、ここに私は近藤芳美という歌人の凄さを感じざるを得ません。これではあまりにも自分が可哀想ではありませんかと、今は亡き近藤さんに言いたい気分にもなるわけです。

たとえそのように思っていたとしても、普通なら、もう少し自分を立ててやるのが人情というものでしょう。大変だったけれどよくやってきたと言ってやりたい。人にもそのように思われたい。そんな普通の感情に真っ向から斧をふるうような近藤の吐露に、世の多くの退職者たちは、賛意を表するのでしょうか、そっぽを向くのでしょうか。重い問いを突きつけられているような気がします。

事故死せし子の家を三十年ぶりに訪ひわが教職のこと了《を》へむとす

柏崎驍二《かしわざききょうじ》『四十雀日記《しじゅうからにっき》』

教員生活を終えた作者が、し残した最後の仕事として、事故死した教え子の家を訪《と》うという歌です。「三十年ぶりに」という時間に、作者の教育者としての真摯《しんし》さが感じられます。皆の目に立つように、ちゃらちゃらとその後を伺いに行くのではない。どういう事故だったのか、事故死した子のことを心に深く鎮めながら、敢えて訪ねて行くということをしなかった。しかし、最後の最後に長年負債のように思い続けてきた訪問を果たしておきたい、それを以って「教職のこと了《を》へむとす」というのです。作者の誠実さが鮮やかに表れているというべきでしょう。このような職の終え方もある。

これだけは捨てて行けない若き日の筆圧強き実験ノート

永田和宏『夏・二〇一〇』

私が前任の京都大学を辞めたのは平成二二（二〇一〇）年。定年の前でしたが、京都産業大学で新しい学部を作ってほしいということになり、少し早く辞めたのでした。場所が変わるというだけで、研究生活はそのままということでしたので、さほど強い思い入れというものはありませんでしたが、実は新しい学部作りの諸々に手をとられ、ゆっくり感傷をしている暇がなかったというのが実情。あまりいい退職の歌がありません。

そのなかで、こんな歌も作っていました。長い間自分では実験らしい実験もできずに、過ごしてきましたが、大学を移るということになって書類などを整理していたら、若い日々の実験ノートが出てきたという歌です。多くのものを捨ててきましたが、「これだけは捨てて行けない」というのは実感でした。鉛筆で書かれている古びたノートには、くっきりとした筆圧の強さが残っていて、どんな実験をするか、どんな結果が出たのか、結果をどう解釈して作業仮説に結びつけようとしていたのか、そんな若き日の苦闘がありありと蘇ってくるようでした。「筆圧強き実験ノート」という具体があることによって生きた歌だと思います。

私に退職の歌が少ないもう一つの理由は、その年に、妻の河野裕子の病状がいよいよ悪くなったことが、私のすべてを占めていたという事情がありました。退職、再就職どころではなかったというのが実感でした。もう少し早く、河野の乳癌の再発がわかっていれば、おそらくこの新しい職自体を引き受けていなかったかもしれず、今となってはその時の思いは茫々として、ほとんど残っていないのが情けない。たぶん、あと数年で今の大学を辞める時が、私にとっての退職の時になるのだと思っています。

ペットロス――愚かなるこのあたまよと幾度撫でし

現代の歌のなかで、死を詠った歌のもう一つの側面を取り上げてみたいと思います。それはペットロスの歌です。挽歌といえば、近代以降、当然のことながら人の死を詠ってきたものが大部分でしたが、特に戦後、高度経済成長の時期を経て、生活が豊かになってくると、その豊かさとともにペットとの生活が日常の一部となってきました。当然、その死は家族の死にも匹敵するような悲しみとして詠われるようになってきました。

すぎこしをおもへばあはれむすめ二人の婚礼がありり妻の死がありり
小池《こいけ》　光《ひかる》『短歌』平成二六年一二月号

猫の骨壺妻の遺影とならびをり秋のつめたき雨は降りつつ
同

今この文章を書いている時点で、もっとも近い時期に読んだのが小池光の猫の死を詠んだ一連でした。小池光とはいつだったか、飲みながら携帯電話に保存している猫の写真を見せ合って、その場にいた人たちにあきれられたことがありましたが、小池の猫好きは有名です。

野良猫を家にあげ、一五年をともに暮らしたのちの死です。「すぎこしをおもへばあはれ」と詠っているように、猫との日々は、また「むすめ二人の婚礼が」あった時間でもあり、「妻の死」に出会わなければならなかった時間でもありました。まさにペットは、家族と同じ時間帯を生きてきた。それゆえそれを失うことは、自らの時間を削り取られることでもあるのです。

小池光は猫の死の四年前、妻を亡くしました。妻の遺影の横に、猫の骨壺が並んでいる。秋の冷たい雨の降る部屋内に、もう二度と応えてくれることのないパートナーの存在は、いやがうえにも残された者の孤独を深めていくようです。

小池光は私と同年生まれの長い間の友人ですが、小池の妻も、私の妻河野裕子も同じ乳癌で亡くなりました。それも河野が亡くなって二か月後、「河野裕子を偲ぶ会」が京都で催されていたその日に亡くなったと聞き、何か因縁めいたものを感じました。そして、小池光の猫の死を詠んだ先の一連を読んだ、ちょうど同じ日、わが家の猫も死んでしまいました。正確には、退院後のよろよろの身体のまま、死ぬために外へ出ていってしまったのです。私は偶然の符合に意味をつけたりはしない人間ですが、これにはちょっと参りました。

黒猫のジェムは死にたりダンボールの函の四隅に隙間残して　　永田　淳『1／125秒』

掘りし穴に入れんとすれば肺葉に残れる空気が音とともに出《い》ず　　同

同じく猫の死ですが、こちらは死んだ直後の猫を穴を掘って葬《ほうむ》ってやろうという時の歌です。最近はペットでも、霊園へ連れて行き荼毘《だび》に附したりするのが普通のようですが、ここでは、自宅に穴を掘って埋めてやったのでした。

一首目では、「ダンボールの函の四隅に隙間残して」という細かいところへの視線が、歌を立体的にしてうまいと思います。適当な、そのあたりのありあわせのダンボールをもってきたのでしょう。不釣り合いに隙間が残ってしまった、そんな何でもないことが無性に悲しく感じられたりもする。

また掘った穴に入れようとしたら、「肺葉に残れる空気が音とともに出ず」というのです。リアルな歌です。たしかにそんなことがあるのかもしれない。肺葉はまさに風船のように喉という入口を通ると、先は袋小路になっています。その袋から、生前最後に吸い込んだ息が、今まさに埋めようとしている猫の口から漏れたというのです。「音とともに」という一句があるだけで、リアルさがぐんと増すのを感じられるでしょうか。切ない歌ではあります。

死にゆくとなほ汝が鼻頭ぬれてゐてわが近づくる手をおのづから嗅ぐ

河野愛子《こうのあいこ》『夜は流れる』

愚かなるこのあたまよと幾度撫でしわが手の下にいまは亡きがら

同

河野愛子は「未来」短歌会に属し、岡井隆らとともに若き「未来」の担い手として活躍した歌人でした。その犬の死の歌を紹介しましょう。一首目では「死にゆく」間際が詠われています。死のうとしている犬が、作者の手を近づけてやれば、もう力もないはずなのに、それでも律儀に、あるいは健気にその手に鼻を近づけようとします。「鼻頭ぬれてゐて」とは、まだその犬が生の側にいることをかすかに暗示し、作者を安心させているようです。
二首目は死んでしまった犬の頭を撫でながら、ああ幾度この頭を撫でてきたことだろうと思い返す。「愚かなるこのあたまよと」に、作者と犬の関係がおのずから表れているでしょう。バカだねえ、愚かだねえと口に出しながら撫でていた。愚かであっても、愚かゆえいっそう可愛いのは、子でもペットでも変わりません。

爪音をたてて廊下を歩くかと思ひし夜に雨の降り出づ
佐藤南壬子《さとうなみこ》『風の薔薇《ばら》』

椅子を見る　いつでも不在肘掛けに鼻面のせる犬を欲りけり
同

ペットロスという言葉があるように、ペットが死ぬことの憐れさも当然ですが、いなくなってからがほんとうの悲しさ、寂しさに襲われるのかもしれません。日常生活のなかで、昨日までここにいたはずのものがいない。その寂しさ。

佐藤南壬子の飼っていた犬の名前は、たしかアランと言ったと思いますが、その犬がいなくなった後の心情が強く表れた歌です。雨音をふと犬の爪の音と聞き違えたのでしょうか。いつも爪音を立てて歩いていた犬、その聞こえるはずのない音が聞こえてきそうな夜の雨です。

家のなかで飼っていた犬の居場所が椅子だったのでしょうか、二首目では、生活のふとした瞬間に椅子に目をやってしまう作者がいます。肘掛けにいつも鼻面を載せてだらーんと寝ていた犬。ただそこにいてくれるだけでいいという犬の存在感が、部屋中に充満しているような気がしますし、だからこそ、いっそうそれを失ってしまった作者の喪失感の強さも感じられるのでしょう。

こうして読んでくると、家族の死、肉親を失った悲しみが詠われるのとほとんど同じように犬や猫の死が詠われていることは明らかでしょう。小池光が猫とともに過ごした〈時間〉に思いを致していたように、ペットの不在は、己の時間を失うということにも通じることであるのかもしれません。

よろぼえる犬に願える安楽死いつの日か子がわれに願わん

玉井清弘《たまいきよひろ》『清漣《せいれん》』

死にたれば次の小鳥をすぐに飼ふこの世の秋のただに明るき

大橋智恵子《おおはしちえこ》『この世の秋』

すこし変わったところで、このような二首を挙げてみましょう。ペット対人間の関係の取り方として興味深い視点だと思いました。

玉井清弘の一首では、犬に安楽死を望むという一首です。ペットの健康管理が行き届くようになり、彼らも長生きをするようになりました。当然のことながら、人間世界と同じ問題が表面化してきます。老化の問題です。目が見えず、耳が聞こえず、歩くこともままならない老犬、老猫が多くなってきているのは人間世界と同じ。

玉井はそんな「よろぼえる犬」を見るに見かねて、安楽死によって死なせてやりたいと考えます。そう思う時、ふと、それでは俺がこうなったときはどうなるんだと考えたのですね。老いた親に手を焼いた子供たちも、やはり自分に安楽死を望むのだろうかと考えてしまうのです。笑えない深刻さをもった一首だと言えましょう。

大橋智恵子の一首では、自らのなかにある、人間のいい加減さに焦点が当てられています。あんなに可愛がっていた小鳥なのに、それが死んでしまったらすぐに次の小鳥を飼うなんて何てことだと、自分でもあきれているという雰囲気。ほんとうは、前の小鳥がいなくなってしまって寂しくて仕方がないから、次のを飼ったということなのでしょうが、それでも、人間としての自分の得手勝手さに愛想が尽きるということなのでしょうか。下句「この世の秋のただに明るき」をどうとるかでしょうが、この世はなべてこともなし、といった明るさは、そんな身勝手もまあやむを得ないと許している気分でもあるのでしょう。

これからもペットの歌、またペットロスの歌は増えていくのだろうと思います。核家族化が進み、子供たちが独立した後は、夫婦だけの単位となって老年を迎える。そこで伴侶が亡くなると、身近にいて寂しさを分かち合ってくれる存在としてのペットの位置はいよいよ大きくなっていくのだろうと思います。ペットを遺していく寂しさを詠った歌にはまだお目にかかったことがありませんが、そんな歌も含めて、ペットロスの歌は大きな分野になっていくのでしょう。

第三部　来たるべき老いと病に

老いの実感——さくら花幾春かけて

十といふところに段のある如き錯覚持ちて九十一となる

土屋文明『青南後集《せいなんこうしゅう》』

土屋文明は平成二（一九九〇）年、ちょうど一〇〇歳で亡くなりましたが、この一首はその一〇年ほど前の歌です。なぜ人は一〇年単位で歳をとったという実感をもつのか。文明はそこのところに疑問をもちます。「十といふところに段のある如き錯覚」、それはまさに錯覚であって、自分の体内を流れている、あるいは自分のまわりを流れている時間には切れ目も段もなく、一〇年という単位は生物学的には何の意味もありません。にもかかわらず、九〇歳という誕生日は八九歳とはやはりどこか違う。九一歳は、九〇歳の次の歳であるという以上に、どこか新しい年代に入ったような気もする。二〇世紀が二〇〇〇年までで、二〇〇一年からが二一世紀であるように。そんな一〇年単位で段があるような歳のとり方を重ねつつ、ああ、自分はこうして九一歳になってしまった、と文明は詠います。

一〇年という単位もそうですが、老年になるにしたがって、いわゆる年祝《としいわい》が歌にも頻繁に出てくるようになります。還暦、古希、喜寿、傘寿、米寿、卒寿、白寿などですね。ついでに言っておきますと、これら年祝の言葉を使った歌で採《と》れる歌、つまりいい歌は稀《まれ》にしかありません。既成の語に寄りかかり、年齢を祝うという既成の枠組みに乗っかっているので、歌としておもしろい切り口がなかなか示せないことがその理由なのでしょう。

ともあれ、現実世界にそのような特別の年が認められてあるのはなぜなのか。私の勝手な思い込みですが、歳をとるにしたがい、時間にめりはりがなくなってゆくのは如何《いかん》とも し難い。緊張感のないのんべんだらりとした時間がただ茫々と過ぎてゆくだけ。そんな時間をどこかで特別の時間と意識することによって、生きることのめりはりをつけ、次の年祝までの時間をなんとか生き継ごうという願いへとつながる、生きようとする意志へと変化する、そんな意味合いはたしかにありそうです。

合理主義者の土屋文明ですから、一〇年を一区切りとする歳の感じ方には違和感を覚えるのでしょうが、とまれ、かくの如く齢を重ねて九一歳になったという感慨でしょう。

九十になりて生けりし過ぎゆきの三年に足らぬ兵の重みはや

山本友一『縁《えん》に随《したが》ふ歌』

同じ九〇歳を詠っても、山本友一の「九十」は、ここでは圧倒的な重みをもっています。山本は九〇歳になった。それに深い感慨をもちます。しかし、その九〇年という時間の間に、自分には忘れようとして決して忘れることのできない特別の時間があった。それは兵としてあった三年という時間だったと詠うのです。山本は旧満州で鉄道建設のための任務についていましたが、その間、昭和一六（一九四一）年から一八年まで陸軍歩兵二等兵としてソ満国境に配属になりました。この一首では兵としてあった三年を詠っています。

歌集『縁に随ふ歌』は第一四歌集にあたりますが、その末尾に近く置かれた一首が掲出歌です。九〇年という途方もない時間を生きてきて、その長さを思う時、時間の長さとしては取るに足りないわずか三年の兵としてあった日々の記憶が、九〇年にも見合うほどの重さをもって私のなかには今もなお生きていると言うのです。愉しい時間ではなく、過酷な辛い記憶の詰まった時間なのでしょう。そんな、長さだけでは計れない人生時間というものの存在を静かに告げているような一首です。

人知れず老いたるかなや夜をこめてわが臀《ゐさらひ》も冷ゆるこのごろ

斎藤茂吉『小園《しょうえん》』

ひと老いて何のいのりぞ鰻すらあぶら濃過《こす》ぐと言はむとぞする

同『つきかげ』

斎藤茂吉は繰り返し己の老いを詠った歌人で、またおもしろい歌が多い。自らの老いをおもしろがって詠っているようなところがあって、老いるというそのことに新しい発見を見出しているからとも言えるでしょうか。

一首目「人知れず」はまず不思議な使い方です。もともとは「人に知られないように」とか「人の知らない間に」とか「ひそかに」とかの意で使われる言葉です。この一首の場合、そのどれを当てはめてもどうもしっくりこない。この一首の詠わんとするところは、自分でも気づかない間に、自分は老いてしまったことよ、ということです。歌会などに提出されるときっとそのあたりに批判が集中するのかもしれません。しかし、そんな批判はものともしないで、この一首は下句のおもしろさで記憶される歌になっているのでしょう。「夜をこめて」からは当然清少納言《せいしょうなごん》の「百人一首」に採られた歌（夜をこめて鳥の空音《そらね》ははかるともよに逢坂の関は許さじ）が想起されるでしょうが、そんな艶《つや》やかな措辞から一転、「わが臀も冷ゆるこのごろ」と続きます。ここも本当はうまくつながらないところで、「夜をこめて」は今夜という特定の時間を指しているはずなのに、結句は「このごろ」で収めている。一首全体がどうもばらばらという印象を残しながら、それでも忘れ難い魅力をもっているのがこの一首と言えそうです。

次の歌は、鰻《うなぎ》が大好きな茂吉にして、老いるとその鰻の脂さえも濃すぎると言わざるを得なくなると詠っています。この一首では、初句「ひと老いて」の突き離し方に技巧があると感じられますが、実は私には、「何のいのりぞ」がよくわかりません。こんなに老いてしまって、何を願うことがあろうか、というほどの意味だとは思いますが、「ひと老いて何のいのりぞ」の文脈が突如断ち切られて鰻の脂に行ってしまう。そして結句で「言はむとぞする」と強調する。そこにどうも違和感が残る。「鰻すらあぶら濃過《こす》ぐと感じてしまうものを」、くらいの収め方をしてくれていれば、違和感はずっと少ないはずなのですが、茂吉は、いつもどこか手強い歌人なのです。

頭《づ》を垂れて孤独に部屋にひとりゐるあの年寄りは宮柊二なり

宮　柊二『緑金《りょっきん》の森』

茂吉が「ひと老いて」と自らを相対化して詠っていたように、宮柊二の場合も、老いていく、あるいは老いている自分を別の場所から見ているという構図がよく出ています。下句「あの年寄りは宮柊二なり」がまさにそうですね。誰からも隔たって、一人孤独をかこっているような、あまりなりたくない老い人。それがほかならぬ宮柊二、私そのものなのだと突き離す。こんなふうに突き離し方の手際が良くないと、老いはただただ嘆きと愚痴ばかりの歌になりやすい。

茂吉も宮柊二も、老いていく自分を嘆いているように見えながら、実はもっともっとしたたかに、ある意味では老いてゆく自分をおもしろがっているような余裕さえ見せて、自分を客観視するだけの精神の自由と強靱さをもっている作家なのでした。

老いを嘆きの対象とはしないで、自然体で楽しむ余裕をもつ。これはとても難しい課題で、実際に私が老いた時、どんな老人になっているのか自信はありませんが、しかしそういう自然体で対象を見ることができるような位置に自分を置いておきたいとは思うのです。私たちはどんな場合でも、先を行く背中からこそ、多くのものを学ぶことができる。

知っている人は多いと思いますが、私は亀が好きです。なぜかよくわからないのですが、どこかこの世の世知辛さや毀誉褒貶《きよほうへん》、そして他人の視線などから超越しているようなふうがある。亀を見ていると、心が落ち着きます。京都には御所や幾つもの天皇陵をはじめ、池と亀のアンサンブルが楽しめる絶好の場所が多くあります。

亀はみなむこう向きなり老いるのもいいものだぜとうつらうつら

永田和宏『後の日々』

池のほとりでうつらうつらしている亀は明らかに老人でしょう。しかし、どうもみんな自分の老いを楽しんでいるように見える。羨ましい限りです。

「老い」はこれまで多く、男性のテーマであったように思います。社会人、企業人として社会の前線で充実していた日々からの撤退は、否応なくかつての自信の喪失につながり、老いの惨めさを浮き彫りにするものです。男性にとって老いは、歌のテーマとして不可避のものでもあるようです。

それでは、女性たちは、自身の老いをどのように意識しているのでしょう。また、どのように自身の老いと折り合いをつけているのでしょう。

さくら花幾春かけて老いゆかん身に水流の音ひびくなり

馬場あき子『桜花伝承』

桜はまことに不思議な花で、殊《こと》に強く年齢を意識させる花です。年々の巡りに出会うたびに、ああ去年見た桜は、などと季節の循環を思う。そして去年見た桜を今年もまた見ることによって、円環的に繰り返す季《とき》の巡りとともに、去年と今年の時間の直線的な過ぎ行きをも同時に意識します。季節の巡りの円環的時間と、身体を過ぎて行く直線的時間、そんな二つの時間が交差することで、螺旋《らせん》状に時間が過ぎて行くのを実感することになるのではないでしょうか。桜がしみじみと己の齢《よわい》を感じさせるのはそこに理由があるように思えます。

馬場あき子はそんな桜を見つつ、己が身は「幾春かけて老い」ゆくのだろうと詠います。まだ比較的若い時代に作られた一首ですが、それゆえに自らの身の中心を勢いよく流れてゆく水流の音さえ聞こえるようだと言うのです。その水流はやがて細いかすかな水の流れとなって老いを感じさせるのでしょうが、ともあれこの一首からは、老いの意識を詠いながらも、若々しい身体から発せられる輝きと、それを自ら讃美するようなある種の陶酔さえ感じられます。肉体の若々しさのほかに、それはおそらく見事に張りつめた韻律のゆえでもあるのでしょう。

いみしんのあやふき会話もしなくなり老いたりや言葉は言葉だけの意味

馬場あき子『あかゐあをゐ』

「幾春かけて老いゆかん」と詠われてから三十数年後、最新歌集『あかゐあをゐ』では老いはこのように詠われていました。まず「いみしん」なる語に驚かされます。完全な俗語ですが、俗語なども躊躇うことなく歌に侵入する、そんな構えのなさに老いの自覚もおのずから露《あら》わに見てとることができる。見事なのは下句でしょう。馬場あき子がこの一首で意識する「老い」とは、「言葉は言葉だけの意味」で使われる会話にあるというのです。

若い時には、言葉にはおのずから含みというものがあった。表面の意味のほかに、意味の背後にかすかに揺曳する言葉の翳りというものを強く意識しながら会話をしていたというのです。翳りやニュアンスといったものが意味より大切に意識されていた。それが老いてしまった今は、文字通り、言葉は言葉だけの意味として使われるように、あるいは使うようになった。馬場あき子にとって、老いとは、肉体的な障《さわ》りとしてよりは、より強く言葉の抱え込み方にあると意識されている。新しく、啓示的な認識であろうと思います。

のび盛り生意気盛り花盛り　老い盛りとぞ言はせたきもの

築地正子《ついじまさこ》『みどりなりけり』

おもしろい歌です。若いものを形容する言葉には多く「盛り」が使われる。曰《いわ》く、「のび盛り生意気盛り花盛り」。どれも華やかで、いきいきと聞こえるのは、まさに「盛り」という言葉のせいでしょう。ほかにも「働き盛り」や「女盛り」などもあるでしょうが、もともと「盛り」は人生のなかでももっとも充実している時を言うのですから、当然時期は限られる。誰も老人に「盛り」は使わない。

築地正子は、それにもの申すわけです。老いはネガティブにのみ捉えられるが、老いにだって充実はあるのだ。少なくとも私の〈現在《いま》〉は「老い盛り」と言って何の不思議もない、言わせてみたいものだ、と言うのです。まぎれもなく老いに身を置く存在ではありながら、精神の充実は決して若い者に引けは取らないという自負でもあるでしょう。晩年まできりりとした印象の強い作家でしたが、まさに啖呵を切るように小気味よく発せられた下句に、築地正子の老いへの自侍《じじ》の意識と覚悟を見る思いがします。

階段の昇りは膝に障《さや》りなし「ワタシクダラナイヒト」降《くだ》り難儀す

宮《みや》　英子《ひでこ》『西域更紗《さいいきさらさ》』

宮英子の駄洒落好きは有名ですが、この一首も思わず噴き出してしまいます。よくもノウノウとこんな駄洒落を歌にもち込んだものだと、笑った後で感心すらしてしまいます。

階段などにエスカレータがついていますが、一本しかつけられない時、ほぼすべての場合に上りのエスカレータが設置されます。しかし、老人にとって、ほんとうに辛いのは降りなのですね。上りをつけるのは若い者の発想だとご老人が怒っているのを聞いたことがあります。作者は、膝を痛めていて階段に難儀をします。上りはまだしも、降りは痛くてお手上げ。その「難儀す」という嘆きを、駄洒落に紛らせて笑い飛ばしてしまおうというようなおおらかさがこの一首の魅力でしょう。その魅力はまた作者その人の魅力とも直結するものなのでしょう。人間は老いれば老いるほど、その人間の人となりがより直截な形で見えてくるような気がします。こういう老人は、しかしいつまで経っても老人くさくはならないものなのでしょうね。

老いほけなば色情狂になりてやらむもはや素直に生きてやらむ

黒木三千代《くろきみちよ》『貴妃《きひ》の脂《あぶら》』

しかし、老いるなら徹底的に好きなことをやって生きてやろうと覚悟を決めるケースもあるようです。自分が老いて、呆《ぼ》けることになれば、なんと「色情狂」になってやると息巻いているのが、黒木三千代です。なんと大胆なことを言うのかと驚く向きは多いでしょうが、しかし、大胆で大向こうを挑発しているようでありながら、この一首はほんとうはちょっと悲しい歌でもあるでしょう。「色情狂になりてやらむ」と宣言しているのは、「老いほけなば」という条件つきなのです。逆に言えば、それでなければ私は色情狂にはなれないとも言っているのです。

「色情狂」それ自体は相当に過激ですが、作者はこれまで女性として、あるいは人間として抑え込み、我慢をしてきたさまざまなものを抱えてきたのでしょう。それらのある場合には理不尽に自らの内部に抑え込まれきたものをどこかで解放してやりたい。その時が呆けた時であり、その解放が「色情狂」であるというのは、しかし、やはり寂しい。結句「素直に生きてやらむ」という決意表明がさらに悲しい。

これをすぐにフェミニズム、ジェンダーという文脈で理解したくはありませんが、しかし作者の意識の内部では、女性として、妻として、母親として断念してきたさまざまのものへの思いがここで噴き上がってこようとしていることは事実でしょう。黒木三千代のように実際にまだ歳をとっていない作者だけに、なまなまとした実体として身のうちに疼《うず》いているような火照りとどうつき合うかは、意外に難しいものなのであろうと思われます。

病を得て――一日が過ぎれば一日減ってゆく

スーザン・ソンタグは、アメリカ、ニューヨークに生まれ、作家であり、エッセイスト、評論家、そして活動家でもありましたが、二〇〇四年に亡くなりました。彼女の代表作のひとつに『隠喩《いんゆ》としての病い』（富山太佳夫訳、みすず書房）があります。

一九世紀の病としての結核、二〇世紀の病としての癌という視点から、両者の比喩《ひゆ》性を論じたもので、原著が発表された一九七八年当時から大きな話題になりました。たとえばこんな記述があります。

「結核は両義的な隠喩で、災厄であると同時に繊細さの象徴でも」あり、「叙情的な死につながるものと考えられたりした」が、「癌の方は災厄としか見られず、隠喩的にいうなら、内なる野蛮人でしかない」し、「癌が詩の素材になることはめったに」なく、「この病気を美化することは想像するだに至難なことと思われる」などと言うくだりは、おそらく私たちのイメージとも近いことでしょう。その上でソンタグは、

「隠喩的な意味では、肺の病気とは魂の病気である。あたり構わず攻撃をしかけてくる癌は、肉体の病気だ。それは霊的な何かの存在を立証してみせるどころか、肉体とは、悲しいかな、徹頭徹尾肉体であることを立証してみせるのみである」(前掲書)

と、結核へのある種の憧憬《しょうけい》を隠しません。当時、彼女が癌を患っていたことがこの視線の裏側にあったことでしょう。

短歌においても、たしかに「結核」には「災厄であると同時に繊細さの象徴」としての側面と、「叙情的な死につながる」ものとしての詩的な側面があったと言うことができる。近代短歌以来、いわゆる「療養短歌」と呼ばれる一群の歌があり、それは結核とハンセン病に罹患《りかん》した歌人たちの歌を指していましたが、長く闘病生活を送っていても、癌が「療養短歌」の範疇《はんちゅう》で論じられてきたことはありません。そんな考察も興味深いものですが、まずは実例にあたることにしましょう。

呼吸《いき》すれば、
胸《むね》の中《うち》にて鳴《な》る音《おと》あり。

凩《こがらし》よりもさびしきその音《おと》！

石川啄木《いしかわたくぼく》『悲しき玩具《がんぐ》』

明治四五（一九一二）年、石川啄木は二七歳の若さでその生を閉じました。肺結核による死でした。息をするたびに胸の奥で鳴る音がある。「凩よりもさびしきその音」と表現されたその音は、当時、肺病としてまだ治療法のなかった病であるゆえに、己の命を脅《おびや》かす音としていっそう寂しく感じられたのでしょう。

啄木の歌は、三行書が特徴となっていますが、ここではそれぞれの行の止め方にも注目をしておきたいものです。一行目は「、」、二行目は「。」で改行し、そして三行目は「！」で止めている。各行の次へのつながりと、気分の高揚とをともに示して、感情の動きを忠実に表現し得ている表現上の工夫と言えるでしょう。

眠らむとしてかなしみぬ病み萎《な》えし身は若ものの匂ひしてをり

相良《さがら》　宏《ひろし》『相良宏歌集』

相良宏も夭折《ようせつ》の歌人です。昭和三〇（一九五五）年、三〇歳で亡くなりましたが、一九歳の時に肺結核を発病、翌年からその二〇代のすべてを療養所で暮らすことになりました。当時は、そのような療養所、すなわちサナトリウムで療養を余儀なくされる若者が多く、それらを対象にした文学を、サナトリウム文学と呼ぶこともあります。堀辰雄《ほりたつお》の『風立ちぬ』などはその代表ですが、そのような言葉が生まれるほどに、結核という病気は療養するという形でしか治癒が見込めず、ストレプトマイシンなどの抗生物質が使われ始めるまでは、結核は死へ直結した病の代表でもありました。

相良宏も若くして療養所のみが世界となった若者ですが、眠ろうとする時、「病み萎え」ていると思っていた己の肉体から、不意に「若ものの匂ひ」がしたというのです。早くから諦めていたはずの若さ。精神的な老成と、にもかかわらず内に潜んでいた若さ。それが不意打ちのように作者に悲しみを誘ったのでしょう。

療養所は、当然のことながら、死が常に日常のなかにあるという空間だったはずです。他者の死は、次にやってくるはずの自己の死として意識され、突きつめて死を考えざるを得ない場であったがゆえに、深く透明な死への思いが凝縮していったと考えられます。しかも、それが深く青春性と結びついていたことも結核の大きな特徴であり、ソンタグも言うように、「魂の病気」として、また「抒情的な死」として現出する要因でもあったのでしょう。

わが内のかく鮮しき紅《くれなゐ》を喀けば凱歌のごとき木枯

滝沢《たきざわ》　亘《わたる》『断腸《だんちょう》歌集』

結核がいくら「魂の病気」などと言われても、もちろん肉体的な症状を伴います。結核の場合、喀血《かっけつ》が、病人本人にもまわりの人間にも意識されるもっとも典型的な症状であります。滝沢亘も一〇代で結核を発病し、四一歳で亡くなりますが、血を喀《は》くたびに、否応なく自らが不治の病に冒されていることを実感させられるのです。「わがもてるかくあざやけきくれなゐの花びら型の血を紙に喀く」というわかりやすい歌もありますが、掲出歌では下句「凱歌のごとき木枯」にその強い思いがあります。己が喀いた鮮血を目の当たりにし、木枯《こがら》しの音があたかも「死の凱歌」のように聞こえたというのです。

蟬時雨子は担送車に追ひつけず

石橋秀野《いしばしひでの》『櫻濃《さくらこ》く』

作者石橋秀野は評論家山本健吉《やまもとけんきち》の妻。高浜虚子《たかはまきょし》に師事しました。戦後の昭和二二（一九四七）年、結核が重症化して、京都宇多野の結核療養所で亡くなりました。この一句は、石橋の最後の句、絶筆にして彼女の代表作とされる句です。

担送車は患者を運ぶための車、ストレッチャーです。宇多野病院の廊下でしょうか、担送車で運ばれてゆく母親に必死にすがろうとする子がいます。健吉、秀野の長女、山本安《やまもとやす》見子《みこ》です。幼い安見子が追いかけ、追いすがろうとしても、担送車の動きについてゆけません。引き離されて母親の名を呼んだのでしょうが、そんな子の声も蟬時雨《せみしぐれ》に搔き消されてしまったのかもしれません。悲しい句です。

「追ひつけず」と詠んでいますが、あるいは子は追いかけるのを止められたのかもしれません。幼い子は、結核病患者からは隔離されるのが普通でした。この句が個人的に特に辛いのは、私も同じように母を結核で失っているからです。まだ三歳の私を抱くことも禁じられていた母が、庭で遊ぶ私を縁側から遠く見ていた記憶が、かすかに私には残っています。

母を知らぬわれに母無き五十年湖《うみ》に降る雪ふりながら消ゆ

永田和宏『百万遍界隈』

私が母を結核で亡くしたのは、昭和二六（一九五一）年のことでした。私は三歳。母の面立ちなどの記憶はまったくありません。葬儀の朝の記憶が、たぶん私のもっとも古い、はっきりした記憶だと思います。「人の眼を盗みてわれを抱きしことありやコスモス乱れてひぐれ」（『無限軌道』）という歌を作ったこともありましたが、もちろんこれはそうあってほしいという単なる願望。実際には、病気が見つかって以来、母とは隔離されて、山寺のお婆さんに預けられました。母に抱かれた記憶をもたないということは、いつもどこかに自らの基底への不安に似た感情をもたざるを得ないものです。

私の父の俳句に「五十年ひたすら妻の墓洗ふ」（永田嘉七《ながたかしち》『西陣』）という句があります。母の死後五〇年。父は母の死の「後の日々」をひたすら墓を洗うという作業、つまり母を思い出すという作業のうちに送ったのでしょうが、私の場合は、その五〇年は、「母無き五十年」でした。最初から不在のものとしての母という存在と向き合ってきた五〇年でもありました。

ここまで、結核の句・歌を取り上げてきましたが、結核も癌も「時間の病気」という側面を強くもっているという気がします。結核では、発症以後、療養生活という日常とは違った時間を生きなければならず、その時間の堆積はすなわち青春の時間の剝離《はくり》でもありました。回復への希求と、輝かしい若い時間の簒奪《さんだつ》、これら二つが互いに拮抗《きっこう》するように、時間への思いを切ないまでに美しく彫刻する。

癌もまた、なにより時間を強く意識させる病であります。手術などで最初の危機を乗り切った後は、再発の不安に耐える時間が待っており、再発を告げられた後は、死を見つめながら、ゆっくりとした引き算としての時間を歩むことになる。私はかつて、そんな癌における時間を「がんは不意打ちの死ではない。時間とどう昵懇《じっこん》になり、どう折り合いをつけるか。患者にも家族にも課せられる重い問いとなる」（朝日新聞、二〇一一年一二月二七日）と書いたことがあります。

死はそこに抗ひがたく立つゆゑに生きてゐる一日一日《ひとひ》はいづみ

上田三四二『湧井《わくい》』

上田三四二は昭和四一（一九六六）年、結腸癌の診断を受けました。これはその直後に詠まれた歌です。今からおよそ半世紀も前という時期を考えれば、その診断が何を意味するのかは、医者である上田自身がいちばんよくわかっていたはずです。「死はそこに抗ひがたく立つ」はまさに実感であったでしょう。私たち人間は、死という絶対消滅点は、誰にも訪れるものだとは知りつつも、それがいつということは知らないからこそ生きていけるのかもしれません。しかし、その「死」がまさにそこに立っている。それゆえにこそ「生きてゐる一日一日はいづみ」という感じ方がリアリティをもってきます。限られた時間だからこそ、今という時間が掛け替えのないものとして「いづみ」のように感じられるというのです。

横たはるわれを通過し行く時間二十四時間のなかの蟬声《せんせい》

上田三四二『鎮守《ちんじゅ》』

晩年の歌です。横たわるだけのわが身、その身を時間だけが静かに通過して行く。この「通過し行く」という感覚は、健康なわれわれにはなかなか実感されないものなのかもしれませんが、どこか自分自身も透明になっていくかのような時間の推移なのかもしれません。

先の歌のように「一日一日」を惜しむように詠っていた時期の歌を考えると、この一首における、自分のなかを蟬声とともに通過してゆく時間への対し方は、じつに自然体だと納得されます。二四時間という時間がゆっくりと、しかしとどまることなく自分のなかを過ぎてゆく。蟬の声がしんしんと浸み込むような時間の感受でもありましょうが、この世というものへの狂おしいような執着はもはや上田三四二の外部へ押し出され、静かに死という別の時間を受け容れようとしているようにも感じられる歌ではないでしょうか。

噴泉のしぶきをくぐり翔ぶつばめ男がむせび泣くこともある

春日井《かすがい》　建《けん》『朝の水』

春日井建は昭和三三（一九五八）年、「短歌」編集長の中井英夫《なかいひでお》に見出され、「未青年」五

○首をもって華々しく登場し、たちまち前衛短歌の若きスターとして活躍を始めました。第一歌集『未青年』は、三島由紀夫《みしまゆきお》の序文を得た歌集として注目されましたが、そのなかで三島は、「われわれは一人の若い定家を持つたのである」とまで激賞しました。「童貞のするどき指に房もげば葡萄のみどりしたたるばかり」「われよりも熱き血の子は許しがたく少年院を妬みて見をり」など、若く純粋であるがゆえに、過剰なまでに悪や暴力への憧れをも隠さず表現する、そんな春日井の歌に、私は大きな影響を受け、憧れたものです。

その春日井建が咽頭癌を発症しました。癌を得、癌と闘うようになってからは、ダンディズムは相変わらずとはいえ、より切実な生への意識が率直に詠われています。噴水のしぶきをくぐって飛ぶつばめを風景から切り取るところはさすがですが、その後に「男がむせび泣くこともある」というあまりにも正直なベタな告白は、以前の春日井なら決して しなかった表現でしょう。しかし、そのような切羽詰まった表現にこそ、私は春日井建の歌人としての誠実さを見たい。

「幸ひに母は在まさぬわがのどの異変はパンを頒かち合ひ得ぬ」(『朝の水』)という歌もあります。この一首には、春日井建という作者の真の優しさを見る思いがします。結婚もしないで自分と晩年まで一緒にいた母。その母にだけは、自らのこの病を見せなくて済んで良かったと言うのです。誰よりも心配するであろう母であるゆえに、その母にだけは見せたくないという思いは、多くの人々の共感を呼ぶものであるはずです。

癒えよ　癒エチマへ　――　一年を唱へかなはざる身は　執念《しふね》さにおろおろとゐる

成瀬　有『短歌』二〇一二年一〇月号

成瀬有は平成二四（二〇一二）年一一月に亡くなりましたが、私より少し上の世代の歌人でした。食道癌でした。成瀬も従来の歌では、自らの日常の思いを直截に詠うということはあまりない歌人でしたが、最晩年のこの一首などには、こちらがはっとするような直截表現が見られます。「癒えよ　癒エチマへ」と唱え続けて、なおそれが叶わぬ身と知った時、己の「執念《しふね》さにおろおろとゐる」というのです。癒えよと願うことは当然のことと思うのに、その生への執着、執念に自らがあきれる。人間は決して悟りすまして死ぬことなどできないものなのだと、成瀬は正直に語っているようです。

春日井建も成瀬有も、残された時間とひたと向き合いつつ、その晩年の作歌を続けました。歌を作ることが救いになるなどとわかったことを言うつもりは毛頭ありませんが、歌を作るという行為は、否応なく、自分が残された時間をどのように生きたいのか、生きるべきなのか、についての問いを自らに強いることになるでしょう。そんな問いを抱えて作歌を続けることで、晩年という時間が濃い時間として意識され、残されることだけはたしかなことと言うことができる。

親子四人テレビをかこむまたたくまその一人なきとき到るべし

上田三四二『湧井』

親子四人で囲む食卓、そしてテレビ。これまでは意識しなかったそんな時間が至福の時と感じられるのも、まさにわが身に残された時間を思うゆえ以外のものではありません。掛け替えのないものと意識される時間は、家族とともにあってこその時間だとも言えるでしょう。「またたくまその一人なき」時が避け難く来るであろうという苦い認識。癌は本人のみならず、何より家族に、痛切に時間を意識させます。

一日が過ぎれば一日減つてゆくきみとの時間　もうすぐ夏至だ
永田和宏『夏・二〇一〇』

河野裕子は一〇年の闘病生活ののち亡くなりましたが、乳癌の転移によるものでした。手術ののち、八年後に再発・転移が見つかり、私がこの一首を作った頃は、もう抗癌剤も効かなくなり始めていた時期でした。

できるだけ一緒にいたい。いま一緒にいられる時間を大切にしたい。楽しく過ごしたい。しかし、それが楽しければ楽しいだけ、残された時間が一日ごとに減っていくというのを痛切に感じざるを得ません。引き算の時間の残酷さ。夏至までの昼の時間は伸びていくのに、「もうすぐ夏至」。あとは時間は短くなるばかり。

きみがゐてわれがまだゐる大切なこの世の時間に降る夏の雨
永田和宏『夏・二〇一〇』

あと五年あればとふきみのつぶやきに相槌を打ち打ち消して、打つ
同

ともに過ごす時間いくばくさはされどわが晩年にきみはあらずも　　同

これら河野裕子の最期に近い日々の歌を収めた歌集『夏・二〇一〇』を読み直してみる時、いかんとも抵抗し難い絶対として、私たち二人の前に立ちはだかっていた時間を詠った歌が多いことに改めて気づきます。残り時間を思うことはこれからますます多くなっていくのでしょうが、河野裕子との最期の日々のように、身を切られるような切実さで残り時間を数えるという経験は、今後二度と起こらないような気がします。新潮文庫の一冊として、私の『歌に私は泣くだらう――妻・河野裕子　闘病の十年』が出ています。そこでは、その「限られた時間」を、二人がどのように生きてゆき、河野がどのように自らの死に折り合いをつけ、最後は澄んだ空気のような平静さで死を受け容れていったかを書き記しました。お読みいただければうれしいと思います。

ものを忘れて――妻と行くときその妻を

同窓会などで、われわれ同世代のものが集まると、この頃もっとも盛りあがる話題は、もの忘れのこと。なんとも寂しい話ですが、なぜかみんながその話題に加わりたがる。要は、己の機能喪失にかかわる話題なのだから、喜んで話すような内容ではないはずなのに、誰もがいかにも「楽しそうに」自分の失敗談を披露したがる。

とにかく人の名前が思い出せなくて、などというのはもう聞き飽きたくらいですが、そういう時は「あ」から順番に呟いていくと、はっと思い出すとか、とにかく「先生」で済ましてしまえばなんとかなるさとか、いやはやという感じなのです。と、言っている私自身もこの話題になるとしゃべりたくなるのだから世話はない。

たぶんこれは「俺はもの忘れが始まっちゃったよ」と宣言しながら、「でもまだ俺は大丈夫なんだ」と確認したがっているのに違いない。ほんとうに呆けてしまったら、そんなことさえも言えなくなるわけですから、自覚しているということはまだまだ大丈夫だということなのです。そして、その話題をみんなに振ることで、「なんだ、みんなも俺と同じじゃないか」と自分を納得させようとしているのかもしれない。歳相応だよな、とそれぞれが確認してめでたしめでたしというところなのでしょう。

十万の脳細胞日々に減ると言ふ物忘れ多く年暮れむとす

宮地伸一《みやちしんいち》『葛飾《かつしか》』

脳の神経細胞は一日に一〇万個が死んで脱落していくと言われています。ただこれは何も老人になったからではなく、二〇歳を過ぎると、ほぼそのペースで死んでいくのです。いっぽうで、この数字は俗説であって、そんなには死んでいないという意見もありますが、脳科学は私の専門ではないのではっきりしたことは言えませんが、減っていくことはたしかで、脳重量も減少してゆきます。一日に一〇万と聞くと空怖ろしくなりますが、普通なら心配は無用。成人の脳では神経細胞は大脳に約一四〇億個、小脳に約一〇〇〇億個ほど存在しています。たとえ一日に一〇万個ずつ死んでいったとしても、二〇歳から七〇歳までの五〇年間に死ぬ神経細胞の数は一八億個ほど。大脳の神経細胞の一〇パーセント余りが減少するに過ぎず、記憶や思考、認識にはほとんど影響がないからです。

宮地伸一のこの歌では、日々一〇万もの脳細胞が死ぬのだから、このもの忘れはまあ仕方がないかと、自分を納得させているという雰囲気です。科学的に正しいかどうかというより、自分を落ち込ませないための考え方というべきであり、このくらいおおらかにゆったりと構えていることが、逆に脳の老化を遅らせることになりそうです。

そもそも自身のもの忘れを素材にした歌は、総じて深刻ではありません。それもそのはずで、ほんとうにもの忘れが進行してしまったら歌自体が作れないのですから、いくらもの忘れを嘆いているように見えても、陽気な嘆きではあるわけです。

物忘れしげくなりつつ携へて妻と行くときその妻を忘る

宮　柊二『忘瓦亭《ぼうがてい》の歌』

おもしろい歌です。奥さんと一緒にデパートへ買物にでも出かけたのでしょうか。一緒に品物選びなどをしているうちは良かったのですが、そのうち買物に熱が入ってきて、奥さんを連れていることさえ忘れてしまっていたというのです。一人で帰ってしまったのかもしれない。買物ではなく、もう少し優雅に、連れだってコーヒーでも飲みに行ったのかもしれませんが、いずれにせよ、一緒に行っている妻を忘れてしまうとは。笑ってしまいますが、ほんとうにあるかもしれないと思うと怖くもなる。

この歌は『忘瓦亭の歌』に収められています。昭和五二(一九七七)年の作です。当時、宮柊二は芸術院賞を受賞するなど大きな栄誉を獲得しつつ、つぎつぎと襲ってくる病と闘っていました。『宮柊二集』(全集)では、『忘瓦亭の歌』の解説に、葛原繁が次のように記しています。

「この間に柊二は糖尿病の悪化に加えて、関節リウマチのため手足の痛みに難渋し、更に眼底出血や角膜ヘルペスによる眼の痛みや視力の不自由にも会ったが、遂に昭和五一年末には脳血栓をわずらい、以後言語や歩行や食物の嚥下さえもままならぬ苦痛に耐えねばならなくなった。その為入退院を繰り返す痛ましい日々の続いた時期に当る」

(『宮柊二集』第四巻、岩波書店)

なんとも凄まじい状況と言わねばなりませんが、そんな状況のなかで成った一首として先の歌を読めば、己の現在の状況をフモール（ユーモア）でくるむような詠い方に、歌人宮柊二の凄さもまたおのずから見えてくるような気がします。

ものわすれ頻りなる日の傍きに網戸に倚《よ》りて夕風を待つ

清水房雄《しみずふさお》『天南《てんなん》』

この一首でも「ものわすれ頻りなる日」と言っていますが、そこには己のもの忘れを楽しむが如き余裕すら感じられます。もの忘れを詠いつつ、その傍さが「網戸に倚りて夕風を待つ」なる抒情性に回帰するところには、もの忘れを怖れたり、嘆いたりする表情はほとんど見られない。

この一首は、清水の七〇歳頃に作られたものですが、清水房雄は平成二七（二〇一五）年で満一〇〇歳になるといいます。私は平成一九年、『塔』で清水さんへのロングインタビューをさせていただき、三か月に分けて誌上に掲載しましたが、なにより驚いたのは、その記憶力でした。今年、一〇〇歳を記念して『短歌』（角川書店）の一月号で今野寿美のインタビューを受けておられ、そこでも少しも記憶力が衰えていないらしいのを読むと、ほんとうに羨ましい限り。その清水さんが、三〇年も前に「ものわすれ頻りなる日」などと詠んでいるのですから、なんともしらじらしい。悲愴にならないのは当たり前といえばその通りなのでしょう。

年老いしあはれは顔も名も忘れただああとのみお許しあれよ

山本友一『華蔵《かぞう》』

こちらはもう少し深刻でしょうか。人に出会った。向こうから挨拶をされたのでしょう。ところが、顔も名も、どちらも忘れてしまっていて、どうしようもない。そんな時、どうするか。

ここはいかにも老人らしく鷹揚《おうよう》に、「ああ」「ふむ」などと呟いて済ませると言うのです。「年老いしあはれ」と言っているように、その名も顔も完全に忘却の彼方にあることは、作者には深刻な事態ではありましょうが、それをやり過ごす作者の態度は、少しも卑屈ではない。少なくとも、覚えていないことを相手に謝するという態度ではありません。結句に「お許しあれよ」と言ってはいますが、当然のこととして居直っているという雰囲気ですね。

それがまたおもしろい。

私にも似たような体験は何度もありますが、私くらいの年齢では、まだ山本友一のように悠然とした態度ではやり過ごせません。


思い出せぬ名前はあわれ二駅を話しつづけてついに浮ばぬ

永田和宏『日和』

先生とう使い勝手のいいことば名の浮ばねば先生で通す

同

少し前にこんな歌を作ったことがありました。電車で知人と会った。挨拶をされたのですが、さて顔は見覚えがあるものの、その名前がまったく思い出せない。

私は生来の顔音痴で、どうにも人の顔が覚えられないのですが、特に相手がサイエンス関係の知り合いか、文学関係の知り合いかがわからない場合には、思い出すことが絶望的になる。手も足も出ない。相手は当然こちらが覚えているものだと思って話をするのですが、相手から当然のように話されればなおのこと、途中から名前を尋ねるわけにもいきません。なんとも居心地の悪い時間を過ごさなくてはならない。二駅の間、なんとか探ろうとしながら、ついに思い出せなかったという歌です。しかし、そんな時、便利な言葉があり、それは「先生」という呼びかけ。とにかく「先生」と呼んでおけば間違いなかろうと、二駅をそれでなんとか切り抜けたという歌なのでした。

もの忘れまたうち忘れかくしつつ生命《いのち》をさへや明日は忘れむ

太田水穂《おおたみずほ》『老蘇《おいそ》の森』

怠りつつ冬に入りたりしばしばも物呆《ものほ》けて開《ひら》く扉《と》に頭《かうべ》うつ

前川佐美雄《まえかわさみお》『松杉《まつすぎ》』

いずれの歌も説明の要のない歌でしょう。太田水穂の『老蘇の森』は最晩年の歌集ですが、「ものを忘れ、またもの忘れをする。こんなふうにそれを繰り返しながら、いつかは自分の命をさえ、忘れていくのであろう」というほどの意味です。前川佐美雄は、何もすることもなく冬に入り、だんだん呆けてきて、ドアを開けて出ようとする時に頭をぶつけたというのです。太田は観念的に、前川は具体的に、老化に伴うもの忘れの実態を詠おうとしています。

太田水穂は明治九（一八七六）年の生まれで、七八歳で亡くなりました。前川佐美雄は明治三六年生まれで、亡くなったのが八七歳。さすがにこれら近現代の大家の歌では、自らの深刻になりつつある事態を、軽い諧謔《かいぎゃく》とともに笑ってやり過ごすという手腕が冴えていますが、もう少しそれを率直に詠うとどうなるか。

物を忘れ添いくる心のさみしさは私がだんだん遠くなること

河野君江『秋草抄』

河野君江は、河野裕子の母であり、河野の亡くなる一年ほど前に亡くなりました。晩年は認知症が進み、それでも優しさだけは変わることのない人でした。

そんな認知症の始まる前、あるいはごく初期に作られた一首です。本人にも自覚はあったのでしょう。ものを忘れる、家族からもそれを指摘される。そんな自分のもの忘れを思う時、「物を忘れ」ることは、「私がだんだん遠くなること」だと詠っています。

私自身が私を置いて、どこかへ行ってしまうような寂しさを感じるのでしょうか。自分で自分をしっかりつかまえておけない不安。つかまえておかないとどこかへふらふらとさまよって行ってしまうような寄る辺のなさ。この一首では、そんな自分に自信がなくなり始めている人々の、寄る辺のない不安感が実感のある言葉で表現されています。

娘の河野裕子は、この一首について「だから、母は『私がだんだん遠くなる』と言わずにはいられなかったのだろう。そういう思いを、人はどう表現するのか。さみしいとしか言いようがなかったのではないか。さびしいと思い到るまでには時間がいるという。物が錆びるのに時間がいるのと同じように。さみしいには、さびしいよりも、もっと術《すべ》のない心の深みからくる切実な音感がある」と述べています(『家族の歌——河野裕子の死を見つめて』文春文庫)。

妻の死もわからぬ程に兄は呆け手を引かれつつ焼香をする

河野君江『秋草抄』

自らの認知症への不安も詠った河野君江でしたが、同じころ妻を失った義兄をこのようにも詠んでいます。妻が亡くなったということすらわからなくなっている義兄が、手を引かれながら妻の遺影の前に焼香をするというのです。事実だけを述べた歌ですが、その場に居合わせた人らがみんな感じたであろう哀れをそのまま感じることができます。

これまで述べてきたように、自身のもの忘れは、それが詠われる限りにおいてまだ軽いもの、あるいはまだ漠とした不安であるはずで、多くの場合、軽い諧謔の糖衣に包まれて表現されますが、認知症の患者を介護する立場の人間の歌になると、その深刻さと、有無を言わさぬ現実の厳しさが避けようもなく表れてくることになります。

加齢に伴うもの忘れは認知症とは呼びませんが、いわゆる認知症には血管性のものと、神経変性に由来する病気からくるものがあります。血管性認知症は、脳梗塞や脳溢血など、脳の血管の異常に起因する神経の脱落が原因ですが、変性性のものは、アルツハイマー病やALS（筋委縮性側索硬化症）などのように、ある種のタンパク質が変性し、凝集することによって神経細胞にダメージを与え、神経脱落を引き起こすことによる病気です。これらは進行性であり、現在のところ有効な治療法はない。認知症のなかではアルツハイマー型の認知症が約五割を占めるまでになりつつありますが、大きな社会問題であることは言うまでもありません。

徘徊の妻連れ戻る黄昏れてようやく街に灯の点る頃

内藤定一《ないとうさだいち》『スロー・グッバイ』

この家に財布を匿す鬼がいて毎朝痴呆の妻悩ませる

同

悪意にも知恵にも無縁の妻と来て干潟に下りし鳥を見ている

同

内藤定一は、終戦後、国鉄（現ＪＲ）職員として働き始めました。小学校の同級生であった妻と、職場結婚第一号として結婚し、戦後の激しく動く時代を、同じ職場で互いに同志として生きてきました。同じ職場の若い労働者らと協力し、初めて産前産後の休暇制度を獲得したり、授乳時間を導入したり、女性が働ける職場への闘争をしたそうです。幸せな家庭を築き、そしてようやく定年となった時、突如、妻にアルツハイマーが見つかった。徘徊《はいかい》の妻を探すのは辛い以上に惨めなものでしょうが、内藤は寝たきりになるよりはと自分たちの自転車を「それゆけハイカイ号」と名づけて、妻の徘徊にも積極的につき合うのです。嘆いてばかりいるのではなく、自分たちの置かれた状況に少しでも前向きに対処しよう、ポジティブに捉えようという生きる上で大切な姿勢がさりげなく示されている気がします。

二首目には、「この家には誰か私の財布を匿す鬼がいる」という妄想が詠われます。認知症の特徴の一つですが、妻を「悩ませる」その朝ごとの騒動は、作者にとっても毎朝向き合わねばならない修羅でもあったことでしょう。

三首目は、「悪意にも知恵にも無縁の妻」に実感がある。徘徊癖のある妻をむしろ積極的に自転車で連れ出し、一緒に干潟を見下ろしているのでしょうか。誰も見る人がいない干潟で餌をついばむ鳥は、ひっそりとこの世の片隅に生の営みを続けている自分たち二人そのものでもあったと思われます。「ほんもののやさしさにだけしか通じない妻の痴呆に励まされつつ」(後出)とも詠われているように、知恵にも無縁である代わりに、悪意の欠片もない妻は、「ほんもののやさしさ」を鋭敏に嗅ぎ分ける嗅覚ももっていたはずです。その妻に受け容れられていることは、作者の誇りでもあり、自身を強く励ますものでもあったのでしょう。

老不気味《おい》　わがははそはが人間《ひと》以下のえたいの知れぬものとなりゆく

齋藤《さいとう》　史《ふみ》『渉《わた》りかゆかむ』

まぼろしの誰と語りてゐる母かときに声なく笑ひなどする

同

齋藤史は歌集『ひたくれなゐ』の「あとがき」で、「老母の失明はいよいよ進み、昼夜もなく、時間もなく、約十年。このごろでは食事の記憶さえたちまち消えて、全く心身老耄、暗黒の中にいます。また、昭和四十八年に脳血栓に倒れた夫は、救急入院以後三年余、近頃は起床も起立も出来なくなりました。共に一級身障者です」と記しています。年老いた老人が、さらに老人を介護する、いわゆる「老々介護」。齋藤史といえば、第一歌集『魚歌』の「白い手紙がとどいて明日は春となるうすいがらすも磨いて待たう」などの華やかなイメージがまず思い浮かび、その懸隔《けんかく》は大きな衝撃をもたらしたものでした。

認知症の進行した母、それを「老不気味」と詠い、「人間以下のえたいの知れぬもの」と詠う。現実ではありながら、あまりにも酷い視線すぎないかと思うのは、誰しも同じでしょう。しかし、齋藤史はそれを敢えて詠いきった。私はそれをもろ手を挙げて賞讃するものではありませんが、しかし、老いつつある一人が、さらに老耄《ろうもう》を深めていく己が母を介護している日々のなかで、そんな思いを禁じ得なかったことだけは、間違いなく理解できる。それをどこまで直截に詠うか、その問題はまた別の場でもっと深く考えてみなければならないものであるように思います。

二首目も光景としてはあり得るものでしょうが、「ときに声なく笑ひなどする」という表現には、「えたいの知れぬもの」に通じる不気味さが漂いもします。いずれも認知症患者をもつ家族の本音として、このような歌は、これからもますます大きな関心を集めることになるのは避け難いことであるように思われます。

介護の日々——かならず逢ひにくるから

先日、たまたまある新聞社のインタビューを受けました。テーマは「二〇二〇年問題」。二〇二〇年は東京でオリンピックの開かれる年にもあたっていますが、またいわゆる団塊の世代が七〇歳を迎える年でもあります。

日本の人口ピラミッドが大きく崩れ、二〇二五年には人口の三〇パーセントが後期高齢者になってしまいます。近い将来に確実に来ることがわかっている、そのような緊急事態に対して、実は国としても、自治体としても、そして私たち一人一人の国民としても、なんら有効な対処法をもっていないのが厳然たる事実なのです。誰も解答をもっていない。ぞっとするような怖ろしい事態、光景であると思うのですが、国民の誰もが、取りあえずその解決法と向き合うことを先延ばしにしていると言わざるを得ません。もちろん私もその一人なのですが。

いろんな問題が山積みですが、なかでも介護の問題は身近であり、かつどうしても引き受けざるを得ない困難の一つでありましょう。

夕食を母に食はすといそぎたる三年十ヶ月の折り折りの日や

小池　光『山鳩集《やまばとしゅう》』

耳元にくだ抜くなよとささやけばおもひもかけずうなづきかへす

同

小池光の母親はもう一〇〇歳を越えているはずですが、小池にも長い介護の日々がありました。病院に入院中の母に夕食を食わせるために、病院へ急いだ日々があった。その母がついにチューブを通してしか栄養を摂《と》れなくなった。「その口に食をはこびし病院の母のスプーン洗ひて返す」（『山鳩集』）という歌が同じ時期にありますが、母専用のスプーンを借りていたのでしょうか。もはや不要になったスプーンを「洗ひて返す」というところに、母の介護のために過ごしてきた日々の時間への思いがあるとともに、また一つ階段を降りてしまったという悲しみもあったのでしょう。

二首目は点滴か流動食のチューブでしょうか、帰り際に、「抜くなよ」と耳元にささやきかけます。反応はないだろうと思っていたのに、思わぬ「うなづき」があって、却って作者のほうがどぎまぎしてしまった。介護の現場のなまなましさがずしんと重くのしかかってくるような歌です。

老耄の親を介護することのもっとも辛いところは、それが一方向への歩みであり、状況が今以上に悪くなることはあっても、決して元のように元気な姿で復帰することが叶わぬところにあるでしょう。

匙うまく使へなくなりなにもかも父はぼろぼろ手づかみで食ふ

小島《こじま》ゆかり『泥と青葉』

父に残る感情はたぶんものを食ふよろこびとわけのわからぬ怒り

同

小島の歌でも匙《さじ》が出てきます。介護は文字通り観念ではなく、日常の具体にこそ意味があるのでしょう。もはや匙を使って食べることもできなくなった父親が「ぼろぼろ手づかみで食ふ」という、獣めいた所作に出たことに胸を衝かれる思いだったのか。そんな父に唯一残っている人間らしい感情は、食べ物への執着と「わけのわからぬ怒り」であると言う。そこにはおのずから、父親への複雑な思いが交錯したに違いありません。自分にとってあんなに大切だった父を、こんな情けなさの感情の上に思わねばならないことが、介護という行為の肉体的な負担以上の、精神的な圧迫感、あるいは閉塞感として意識されていたに違いありません。

背後より母を支えて　こんなにも母のからだに触れしことなし

大島史洋『遠く離れて』

支えつつトイレに母をすわらせてパジャマをおろす夜一時すぎ

小高　賢『液状化』

現在進行形の介護の歌となると、どうしても私の同世代の歌ということになってしまいます。大島も小高も、ともに母を支えてその動作を介助するという歌です。大島の歌では、背後から支えながら、ああ生まれてからこの方「こんなにも母のからだに触れ」たことはなかったなあと改めて思うのです。大変には違いないけれど、じゃっかん懐かしみに近い感情も揺曳していたことでしょう。小高の場合は、トイレでの支えでした。支えて便器に座らせてから「パジャマをおろす」というのがあまりにも具体的で、一読驚いてしまいますが、まさにそんな一つひとつの具体にこそ、介護の現場があるに違いありません。

小池光、小島ゆかりの歌も含めて、大島、小高ら親の介護の歌のどれにも共通するのは、かつては自らの拠って立つべき根拠として存在した〈親〉という絶対的存在が、今かくも危うい存在、崩壊寸前の危うさとして自分の前にいるということの精神的な耐え難さであるでしょう。

前述したように、齋藤史に「老《おい》不気味　わがははそはが人間《ひと》以下のえたいの知れぬものとなりゆく」という衝撃的な一首があります。自らの母親を「人間以下のえたいの知れぬもの」と言い切っている。なんという残酷な歌だと誰もが衝撃を受ける一首ですが、しかし、これが老いて痴呆を発症した老人介護の現場でしょう。

そしてそれが、自らの親である場合のいっそうの耐え難さは、そこに自らの遠くない将来を否応なく見せられているという実感が伴うからなのかもしれません。憐れと思う感情のほかに、何年か先の自分をまざまざと見せつけられているような、杞憂《きゆう》と言ってしまえない虞《おそ》れをもまた感じざるを得ない。

今日よりは介護施設に暮らす母車椅子ごと運ばれゆきぬ

大島史洋『遠く離れて』

母の部屋は四〇六番この数字与へたりしは兄とわれなり

栗木京子『水仙の章』

特に現在の核家族形態のもとでは、自ら動けなくなった老人を家族だけで看るということはきわめて難しいと言わねばなりません。昔のように余っている人手というものがなくなり、人手だけでなくスペースもなくなってしまった。仕方なく施設に入れるということになりますが、このある種の精神的姥捨《うば》ては、家族にとっては大きな十字架となります。大島の歌では、母が「車椅子ごと」運ばれていくというところに悲しさがあります。向こうでもやはり誰かの手を借りなければ生活できない母。そんな母をいま自分は為す術もなく見送っているという、どこかに罪の意識が濃く漂います。栗木の歌では、母が部屋番号という存在になってしまう、施設での生活を詠っています。番号で呼ばれるようになる母。この番号を母に押しつけたのは、ほかならぬ兄と私だ。止むを得ない決断ではあったのでしょうが、なお自らを納得させられないという雰囲気の漂う歌です。

母の自慢ひとつづつ減り娘婿が医師なることを今は言ふのみ

栗木京子『水仙の章』

施設に入って、精一杯の虚栄を満足させている母への憐れみに近い感情でしょうか。それをユーモアとシニカルな視線をベースに詠っています。この歌集には、ほかに「わかりやすき自慢しかせぬ母ならむ『娘が歌人』はまづ除かれて」などという歌もあって、笑いを誘います。「娘が有名な歌人でねえ」などと言っていたのかもしれませんが、なかなか歌人の名などは知っている人も少ない。それではということで、もっとわかりやすい娘婿が医者であるという自慢に替えたと言うのです。ここでは母への冷めた視線のほかに、歌人という存在そのものの社会的な認知度といったものへの批評も感じることができるでしょう。

私には介護の歌はきわめて少なく、実際に介護に明け暮れたという経験はありません。それはありがたいことであるとともに、きっとどこかでこの帳尻を合わせなければならない日がくるに違いないという漠然とした不安にもつながります。挙げてきたような同世代の厳しい介護の歌を読むにつけ、どこかに後ろめたさと、気遅れに近い感情を感じざるを得ません。

「親の介護」の問題が、誰にも訪れる加齢に密接にリンクしていたのと異なり、伴侶の介護は、多くの場合、病気に伴うものが多いようです。寄る年波には勝てないと、半ば諦めざるを得ない老化に伴う介護ではなく、まだ十分若いうちに不意に襲われた病気のための介護には、なぜ自分たちだけがこんな目に、と諦めきれない不遇感と切り離して考えられないところに辛さと悲痛さがあると言えるでしょう。

車椅子日和といふもあるを知り妻のせて押す秋晴れの午後

桑原正紀《くわはらまさき》『妻へ。千年待たむ』

「一人で歩けるようになればいいね」と言ひたれば「このままでいいの」と妻は言ひたり　　同『天意』

桑原正紀の妻は高校の校長をしていた女性でしたが無理をしすぎて、ある朝突然倒れてしまいました。脳動脈瘤破裂、いわゆる脳溢血《のういっけつ》です。「耳もとで汝が名を呼べどしんとして古《ふる》深井戸のごときその耳」（『妻へ。千年待たむ』）とも詠まれているように、意識が戻らない時間が続きます。長い間、まさに死線をさまよったのち、一命をとりとめますが、重篤な障害が残り、認知機能も大きく損なわれてしまいました。

それ以降、桑原正紀はまさに妻の介護に自分の人生時間のすべてを費やすといった生活を続け、そんな生活が一〇年を越えています。「車椅子日和」というのは、なるほど病人を抱えた家族にしか思いつかない言葉でしょうが、そんなのどかな言葉にでも縋《すが》らなければ、その苦しさは乗り越えられないものかもしれません。今では、会話などはかなり回復したものの、海馬《かいば》領域の大きな欠損から、自らの現在の状況を把握するまでには至らないといいます。「立つたまま妻抱きをればダンスすると思ひけるにや『音楽ハ？』と訊く」（『妻へ。千年待たむ』）という歌もありますが、立ったまま抱き支えてくれる夫に、古い時代のダンスの記憶が蘇ったのでしょうか、そんな無邪気な問いかけに夫は言葉を失ってしまいます。しかし、妻の意識のなかでは現在の状況が過酷なものと認識されていないことは、せめてもの妻の幸せであり、夫の慰《なぐさ》めでもあるのかもしれません。「このままでいいの」という妻の言葉は、悲しいものですが、子供のいない桑原夫妻にとって、「このままでいいの」という、妻のほのぼのとした状況把握は、二人きりの会話を続けていける幸せなのかもしれません。

ひっそりとこの世のとなりで生きているアルツハイマーの妻と私と
内藤定一『スロー・グッバイ』

ほんもののやさしさだけしか通じない妻の痴呆に励まされつつ
同

前の章でも紹介しましたが、内藤定一の妻はアルツハイマー病を患っていました。一首目「ひっそりとこの世のとなりで生きている」というところには、桑原正紀が妻の「このままでいいの」という言葉に救われたのと同じような、肯定的な実感がありましょう。二人だけで凌《しの》がなければならない現実。すぐ横に現実の世界はあってもそこから隔絶した世界なのです。

そんな妻との一九年。日常的な生活はできなくとも、いやできないからこそ、そんな妻には「ほんもののやさしさだけしか通じない」ことを知ります。幼い頃に還った精神は、本物を鋭く嗅ぎ分ける。その「ほんもののやさしさ」のゆえに妻から頼りきられていることを、日々の慰めと、また自恃として介護の日々を生きたのでした。同じような介護の日々を過ごしている方々は多いでしょうが、事実の重さだけでなく、歌としても優れた本歌集の意味は大きいと思わないではいられません。

「一夜三日を眠り続けし夫は覚めふたたび眠りの沼に落ちゆく」(『聖なる時間』)と詠われた草田照子《くさだてるこ》の夫も、脳梗塞で倒れたのでした。


若きナースを見よとしいへば目をあけて夫は笑みたり病み重きなか

草田照子『聖なる時間』

九か月入院の夫だんだんに一人に慣れよと吾を見るごとし

同

その介護の日々、夫を元気づけるために妻は、夫に軽いからかいの言葉を投げます。「見てご覧なさいよ、あんな若くてきれいな看護婦さんがついてるのよ」などと言ったのでしょうか。苦しみのなか、それでも夫は目を開いてかすかにほほ笑んでくれた。妻の精いっぱいの冗談への、これまた夫の精いっぱいの感謝と思いやりだったのでしょう。

九か月も入院している間に、夫が作者を見る目が徐々に変わっていくのを妻は敏感に感じ取ります。それは、自分がいなくなった後の孤独に対して準備をせよ、させなければならないと考えているような目でもあったのでしょう。そんなことを考えないで、と言いたいのでしょうが、そんな言葉をさりげなく拒否しているような深い諦念が見てとれるようです。

「こんなこといつまで続くと夫が問ふ経管栄養　ずつとといへず」という歌も続きます。「こんなこといつまで続く」という夫の投げやりな言葉に、妻は答える術をもちません。「ずつと」であることは、妻だけでなく、すでに夫自身がなによりよく知っていたのでしょう。「いつまで」という言葉は現実のものにはならず、草田照子の夫は、ほぼ一年の後に亡くなったのでした。

病み長き日の口中になじみたる入歯をあらふ三月の水

岡部《おかべ》由紀子《ゆきこ》『父の独楽《こま》』

かならず逢ひにくるから雨の日も逢ひにくるから許してください　同

岡部由紀子の夫は、岡部桂一郎《けいいちろう》。孤高の歌人とも言われましたが、平成二四（二〇一二）年、九四歳で亡くなりました。老人性の痴呆も進み、体の自由が利かなくなって、一〇年ほどは、妻の由紀子がもっぱら介護にあたりました。由紀子自身も歌人として活動しながら夫を支えたのでしたが、夫の生前にはついに歌集をもつことはありませんでした。由紀子には夫桂一郎が、歌人として絶対的な存在であり続けたのでしょう。

入歯だけでなく、褌《ふんどし》も洗うし、「目やに拭きふぐりを拭きて九十や　二人し居ればこの世天国」（『父の独楽』）という歌もあります。介護というものは、決してきれいごとだけでは済まされません。目を背けていたい部分を否応なく引き受けなければならない。そして、それを天国と感じるだけの余裕と覚悟がなければ務まらないでしょう。

なにより辛いのは、介護施設に夫を残して帰る、その時でしょう。引きとめようとする夫を振り切るように門を出ます。きっと会いに来るから、雨でも風でも、必ず来るからと、自身にも夫にも必死に言い聞かせるようにして、施設をあとにする。そんな連れ合いの思いは、施設に預ける家族には普遍的な思いでありましょう。

桂一郎の死後、岡部由紀子が沈黙を破って歌集を出したのは、私には個人的にとてもうれしいことでした。

死を見つめて――つひにゆく道とはかねて

「人間は生まれながらにして平等だ」と言われることがあります。その意図する理念には同意できるにしても、しかし、すべての人々が平等に生まれついているとはとても言えない。才能、容貌、貧富、家庭環境どれをとっても平等というにはほど遠い。さらにどの国の、どのような状況に生まれたかも、その人間の一生を決定的に左右する。

私たちはこの七〇年間、武器によって殺したり殺されたりする危険をもたずに過ごしてきましたが、それとてもとより保証されていたことでもなんでもない。いま中東をはじめとしてテロや戦争が続いている国に生まれれば、たちまちその生の初めから生命の危険にさらされ、幼い命が当然のように傷つけられたり葬られたりしているのが、世界の現実でしょう。

日本のこの状態がむしろ稀有《けう》なことなのだとして、だからこそこの平和な状態を変えてはならないのだと心しておかなければならない。同じ人間として生まれながら、たまたまそのような危険地帯に生まれたばかりに、幼い頃より命の危険にさらされている子供たちに対する、それが一つの責任の取り方でもあると思うのです。

しかし、もともと不平等な人間という存在が、それでもなんとか生きていけるのは、生の根本のところで、平等を保障されているからかもしれません。それは〈死〉であります。〈死〉だけは、どんな金持ちでも、どんな有名人でも、誰にも平等にやってくる。己の死だけはいつか己自身が引き受けなければならない〈絶対〉なのです。これまでの人類史上、幸いにして、これから逃れたという人はたったの一人もいない。例外なし。

暁《あかつき》の薄明《はくめい》に死をおもふことあり除外例なき死といへるもの

斎藤茂吉『つきかげ』

「除外例なき」という表現が、いかにも医者としての茂吉の感覚を窺《うかが》わせます。歌集『つきかげ』の時代、茂吉にも老齢のさまざまの障りが起こってきました。自宅に籠り、寝て過ごす時間も増えてきた。あかつき方にふと目を覚まし、己の死期についても思いを巡らせることもあったでしょう。そんな時に「除外例なき死といへるもの」を思うのは、どんな気分なのでしょう。達観というのとも少し違うような気がします。しかし、じたばたもがいているふうでもない。いつかは自分の上にやってくるものだが、まだしばらくは大丈夫だろうと、まあ、取りあえずは先送りしておこうという、そんな感じだったのではないでしょうか。

そう、己の死は、いつも考えはするが、それを突きつめて考えるには、死はいつも「まだ、先」にあり過ぎるのです。病気で心身ともに衰弱している場合には様相が異なりますが、普通の人間に死の刻が正確に知らされたとしたら耐えることはできないのかもしれない。死刑囚には、処刑の前日にしかそれを知らされないと聞いたことがありますが、そんな配慮からであることは言うまでもありません。

つひにゆく道とはかねて聞きしかど昨日今日とは思はざりしを

在原業平《ありわらのなりひら》　『古今和歌集』巻一六

この一首には「病して弱くなりにける時よめる」という詞書がついています。同じ歌が在原業平の一代記とも言われる『伊勢物語』では最終段に収められ、「昔、男、わづらひて、心地死ぬべくおぼえければ」という詞書がついていることからも、業平が死ぬ直前の歌であることは間違いのないところでしょう。華麗な業平の一生のまさに最後の歌。

「さくら花散りかひくもれ老いらくの来むといふなる道まがふがに」（『古今和歌集』巻七）も同じく業平の歌ですが、こちらは老いがやってくる道がわからなくなるほどに、桜の花よ、花を散らしておくれと詠っている。老いも死もともに来てほしくないものの代表かもしれませんが、老いに対してはやって来るなと言っていた業平が、ことここに至って、死を平静に受け容れようとしているところに興味をそそられます。

掲出歌は、いつかは行く道だとはかねて聞いていたけれど、まさかそれが昨日今日と差し迫ってやってくるなどということは思ってもみなかったのに、という歌です。時に業平、五六歳。現代の年齢とは違うことはわかっていながらも、このある種の諦観と受容の静かさに、驚かされる。私は業平は必ずしも好きな歌人ではありませんが、先の茂吉の歌とセットになって、いつの頃からか、死を考える時、まっさきに浮かんでくる二首になりました。

人の死はいつも人の死　いつの日ぞ人の死としてわが悲しまる

永田和宏　『後の日々』

ちょっとわかりにくい歌かもしれません。私たちが死に接する時、それは誰それの死という形でしか現れてこない。死は常に他者の死である。このフレーズはどこかで読んだ記憶があるのですが、思い出せません。ひょっとしたらハイデッガーだったか。

とりあえず、私たちは葬式に出る時も、それが友人であれ、親戚であれ、死は常に他者の死として出現するわけで、自分の死でさえ、それはほかの人には単に「人の死」として悲しまれるだけなのだろうという歌です。自分の死だけは自分で経験できないというのも、諺には頻出しますが、まさに死の経験というのは、自分以外の「人の死」であるほかはない。

それを塚本邦雄は次のように詠います。

掌《て》ににじむ二月の椿　ためらはず告げむ他者の死こそわれの楯

塚本邦雄　『星餐圖《せいさんず》』

「他者の死こそわれの楯」。どういう意があるのか、特定的に解釈するのが難しい歌ではありますが、「ためらはず告げむ」と言っていますから、この感慨は社会的には受け容れ難いものであるに違いない。しかし、自分は敢えて「他者の死こそわれの楯」だと言い切ろうというのです。

塚本邦雄のテーマの一つが「悪」ということでした。誰もが避けている本音の一つとして悪への嗜好を詠い、悪へ惹かれる人間の心性を鋭くえぐり出すような作品が少なくありません。誰に何と言われようと、自分は他人の死をこそ楯としてこれからも生きていくのだ、と言い切る。その言い切るまでの内的な葛藤が「掌ににじむ二月の椿」に象徴されているのではないでしょうか。上句のイメージの鮮明さが強く印象に残る一首でしたが、下句の強い覚悟にも目を開かされた記憶があります。

くさむらへ草の影射す日のひかりとほからず死はすべてとならむ

小野《おの》茂樹《しげき》『黄金記憶』

小野茂樹は昭和一一(一九三六)年に生まれ、昭和四五年に突如若い命を絶たれることになってしまいます。ある夜、タクシーに乗っていて交通事故にあうのです。三三歳。まさに夭折の歌人の代表の一人ですが、その歌には、早くからどこかに死の影が射していた。

この一首は、上句の美しいイメージによって忘れ難い歌ではあります。それを受けて下句では作者の心に去来した感情が詠われる。それが「とほからず死はすべてとならむ」。

間違いなく、「死」はその個人にとって、いつの場合も「すべて」であるほかはありません。死以上に全的なものはちょっと思いつかない。これは格言的なもので小野茂樹の発明ではないでしょうが、上句のイメージ、草むらの草に、別の草の影が落ちている。そんなどこかでたしかに見た景の残影のなかで下句が詠い出される。薄く翳るような光のなかで、その死は一般的な死であるというよりは、ひそかに作者に忍び寄っている死を予感したような気分にならないでしょうか。もちろんそれは今からならば、小野茂樹がほどなくほんとうに亡くなってしまった結果から遡《さかのぼ》った後づけの解釈ということになってしまいますが、そのことを斟酌《しんしゃく》しても、この一首にはどこか静謐《せいひつ》な死の影が感じられてなりません。

美しき死などかなはず苦しみておとろへ果てて人は死にゆく

犬飼志《いぬかいし》げの『天涯の雪』

劇中の死なれば人はうつくしき言葉をいひて死にてゆきつも

竹山《たけやま》　広《ひろし》『残響』

死は往々にして美化されやすい。残された人々は、美化することによって、死者の哀れにすり寄ろうとし、慰めようとし、ある場合には死者に許しを請《こ》うという側面もあるのかもしれない。しかし、その美化は多くの場合、死の現実からはかけ離れた空々しいものとも感じられるものです。死は、これから死なねばならない当人にとっても、見送らなければならない家族にとっても、苦しみと悲しみと悔しさと、その他もろもろの融け合った現実そのものであるほかはありません。

犬飼志げのは短歌結社「好日《こうじつ》」の会員でした。私たちが短歌を始めた昭和四〇年代、関西女流歌人の超結社集団「あしかびの会」の創立にもかかわるなど、中堅女流歌人として活躍していましたが、五一歳のとき癌で亡くなりました。死の間近に迫った犬飼さんを、河野裕子と一緒に、滋賀県水口《みなくち》の病院に見舞いに行ったことがありました。酸素テントに入ってしまわれたとかで、結局お会いすることはできませんでしたが、それから数日後に亡くなったと記憶しています。

犬飼志げのの一首は、遺詠として残された九首の歌の最後に置かれた一首、絶筆ということになります。その最後の一首で、「美しき死など」は自分にはもとより縁のないものだ、叶うはずがないと詠います。自分は美しくも華やかでもなんでもなく、この田舎町の小さな病院でだんだんに衰えて死んでいくほかはない。「おとろへ果てて人は死にゆく」には、自らの死という事実を、美化の衣を着せることなく見つめ尽くすという覚悟が見られ、この薄幸であった女流歌人の芯《しん》の強さを見る思いがします。

長崎の原爆に遭遇したことで知られる歌人、竹山広にとって、死は常に昵懇《じっこん》な存在であったはずです。残酷な不条理極まりない死をあまりにも多く目にしてしまった竹山には、死の美化などはもっとも許せないものの一つだったはずです。私たちには計り知れないことで、軽々に死をもちだすことさえ憚《はばか》られるという気がしますが、「劇中の死なれば人はうつくしき言葉をいひて死にてゆきつも」という一首の、吐き捨てるような強い響きにはっとさせられます。

これは直接には劇中の科白《せりふ》を指していると言うべきでしょうが、死について生者の側からなされるもの言いの、歯の浮くような美しい言葉に対する強い拒否反応でもあるでしょう。嫌というほどの死に膚接《ふせつ》してきた人間であるからこそ、死を抽象化し、美化しようとする嘘くささが腹に据えかねるということであったはずです。

竹山広は、物腰の穏やかな、にこやかな笑顔の方だという印象をもっていますが、人類が経験したもっとも過酷な現実を目の当たりにし、それを自らの内に深く抱え込んできた歌人でした。それら数知れない多くの死を負い続けてきた人であるがゆえに、美しく糊塗《こと》された現実の向こうに、本質を見抜く力をもまたたしかにもった怖い歌人でもありました。

汝が父は死にたりとわがをさな子を抱きつつ噎せぬ否といひてよ　　森岡貞香『白蛾《はくが》』

死顔に觸るるばかりに頬よすればさはつては駄目といひて子は泣く　　同

古来、死ということを詠ったことがない歌人というのは、たとえあるにしてもごくわずかであっただろうと思っています。人間は時間内存在であり、時間とともに生きざるを得ない以上、いつかくる消滅点としての死に無関心でいられるはずがないからです。実際に、父母の死、伴侶の死、家族の死に友人の死と、さまざまの死に出会うたびに、死を詠った歌がさまざまに作られてきました。分類のなかでも、相聞と挽歌は二つのもっとも多い歌群を形成しているはずです。

いろんな死のなかで、そこに子供の影が射すと、哀れはいっそう増さざるを得なくなる。森岡貞香の夫との死別を詠った歌には、同時に、残された母と子というもう一つの悲しみが貼りついているのを見ることになります。

「あなたのお父さまは亡くなったのよ」と幼い子供に諭《さと》したのでしょうか。そう言いながら、それをもっとも認めたくないのが当の森岡自身であったはずです。結句「否といひてよ」は夫に対して訴えかけているようにも見えるし、子供に対して言っているようにもとれる。どちらと限定する必要はないのでしょう。逝ってしまったと思いつつ、誰かにそれを否定してもらいたがっている。そんな背反的な気持ちは経験のある人間には容易に受け容れられるものであるはずです。

二首目はさらに切迫して、その場の光景がドラマの一齣《ひとこま》のように展開する。妻が夫の死顔に頰を寄せる。「觸るるばかりに」というのですから、頰ずりをしようとしたのでしょうか。その時、子が「さはつては駄目」と言って泣いたというのです。この不意打ちにも近い子の言葉に、作者はうろたえたのでしょう。なぜ「さはつては駄目」なのか。子には子の「死」の受け容れ方と、「父の死」を受け容れるのを拒否する思いとが交錯していたに違いありません。触れ難い厳粛なものとしての死のイメージがあったのかもしれませんし、唯一の自分につながる生者としての母が、死の側へ引き寄せられてしまうのを怖れたのかもしれない。母も子も、なぜ「さはつては駄目」なのか説明はできないことだったのかもしれません。子の思いはいろいろに考えられますが、これ以上詮索することに意味はないでしょう。

作者は、こんな幼い子が、その子なりに今の状況に立ち向かおうとしている、そのことにはっとさせられたのです。悲しんでいるのは自分だけではない。この子にはこの子なりの悲しみがあり、それに必死に耐えようとしている。そのことに気づいた作者には、母としての自覚とともに、共に悲しんでくれる同志としての子の存在もまたはっきりと感じられたのかもしれない。この一首が、その後六〇年にわたって、息子を詠み続けた森岡貞香の原点になった一首かもしれないと、私は思っています。

幼子《をさなご》は死にゆく母とつゆ知らで釣りこし魚《うを》の魚籃《びく》を覗かす

吉野秀雄《よしのひでお》『寒蟬集《かんせんしゅう》』

をさな子の服《ふく》のほころびを汝《な》は縫へり幾日《いくひ》か後《のち》に死ぬとふものを

同

森岡貞香の場合と逆に、子とともに妻に先立たれた男の悲しみを詠ったのが、『寒蟬集』における吉野秀雄でした。歌集の冒頭の一連「玉簾花《たますだれ》」は、「昭和十九年夏妻はつ子胃を病みて鎌倉佐藤外科に入院し遂に再び起たず八月二十九日四児を残して命絶えき享年四十二會津八一大人戒名を授けたまひて淑眞院釋尼貞初といふ」という詞書の後に、一〇一首が続くという大作であります。

妻を失う悲しみに、子への不憫が重なり、読むのが辛い一連でもあります。末の子はいくつだったのでしょう。一首目は、母が死ぬということもよく理解はしていない小さな子が、釣ってきた魚を魚籃ごと母に得意げに見せている景です。母もさも驚いたように見て、褒めたのでしょう。その景を傍《かたわ》らで見つつ、作者は涙せざるを得ない。すぐ間近に迫っているこの母と子の別れを思わざるを得ませんが、そのことは何より妻にこそもっともよくわかっている。子と一緒にいられる今という時間を、なにより惜しむように慈《いつく》しんでいる妻の心情は、また作者のものでもあったはずです。

二首目も、死はもうそこに迫っているにもかかわらず、力を振り絞るように子の服を繕《つくろ》う妻の姿に、いとしさと悲しみは一気に噴き出すようです。妻を失う悲しみは、もちろん耐え難い普遍的な悲しみではありますが、そこに幼い子が介在するとその悲しみは、自分のそれを越えて、別種の哀れさへと変化もしてゆくものでしょうか。

私の母は、三歳の時に結核で亡くなりました。葬式の朝、父親に連れられて、離れ座敷に連れてゆかれました。大勢の人たちが座敷の片側に座っていました。父が寝ている母の顔の上の白布を取った時、私が何かを言ったのだと思います。何を言ったのか、まったく覚えていませんが、その時、後ろに並んでいた人たちがいっせいに泣いたことだけは、なぜか鮮明に覚えています。私のもっとも古い記憶でしょうか。吉野秀雄の歌に強く反応してしまうのは、こんな個人史が関係しているのかもしれません。

遺志により葬儀はこれを行はずふかくおもひていまだも言はず

上田三四二『照徑《しょうけい》』

昭和五九（一九八四）年七月、上田三四二は二度目の癌の手術のため、癌研究会附属病院泌尿器科に入院します。上田は、昭和四一年、四三歳の時に結腸癌の手術を受けましたが、今回の癌は前立腺癌でした。

「半顔の照れるは天の輝《て》れるにていづこよりわが還りしならん」と詠われたように、とにかくも手術から生還して病後の身を養い、三か月後に退院をします。「七月のままかかりゐるカレンダーを十月になほす戻りたる机に」は、その不在の時間を詠うとともに、自宅の書斎にあって、動くことのなかった時間が、今ようやく以前のように蘇ろうとしている喜びをも表しているでしょう。「ペン執ればインクの錆びてとほらざり長き病床ののちの冬の日」（いずれも『照徑』）という歌もある如く、不在の時間はまさに「錆びて」いた時間でもあり、日常の生活に戻るまでには、相応のリハビリテーションの時間が肉体的にも心理的にも必要であったことがうかがわれます。

以前のように仕事をできることは喜びであることはもちろんですが、二度目の大患に向かい合うことになった上田三四二にはある覚悟ができたようです。入院を待つ間に、それまでの歌集を編む間隔を短くして歌稿の整理を始めます。遺すべき歌という意識が強く働いたのでしょう。それが第五歌集『照徑』でした。

掲出の一首は、『照徑』のほぼ最後に置かれており、この一集を象徴する一首でもあります。「病後秋冬」と題する七九首という大作の最後尾の歌です。ほぼ最後と言ったのは、実はその後ろに一首だけ、「緑」というタイトルのもとに初孫を詠った一首が置かれているためで、大患のあと新年を迎えられた喜びと初孫を得た喜びをともに詠い、一集の最後に光を置きたいという願いであったことでしょう。

「遺志により葬儀はこれを行はず」。そう思っている人は多いでしょうし、実行している遺族も多い。上田三四二もそのように言い遺して死にたいと思います。しかし、そう思いつつ、そのことをまだ言っていない、あるいは言うことができないと詠う。死後のことをしっかり言い遺し、指図しておきたいとは思うが、まだ先でいいだろうとも思うわけです。じくじくと先送りにしている。自分の死というのは、まさにこのような形で本人には自覚されるものなのだろうと、私などは深く頷いてしまいます。実際には、上田三四二が亡くなったのは、昭和六四年一月八日、昭和天皇崩御の翌日でした。まさに昭和が閉じると同時に三四二も亡くなったということになります。この一首が作られてから四年後のことでした。

いつしかも日がしづみゆきうつせみのわれもおのづからきはまるらしも

斎藤茂吉『つきかげ』

斎藤茂吉最晩年の作。昭和二七（一九五二）年二月号の『アララギ』に一首だけ載せられ、実質的に茂吉の辞世の歌と言ってもいいでしょう。すでに老耄の進行していた茂吉は、昭和二七年には八首を数えるのみ、翌年には一首もありませんでした。

歌集『つきかげ』は昭和二九年、茂吉の没後に編まれた最終歌集ですが、そこではこの一首は、後ろから四首目に置かれていました。ところが最後の三首は、編纂の際のミスであることがわかり、「いつしかも」の一首が全集版『つきかげ』では最後に置かれることになりました。遺歌集を編む際には、いろいろ難しい問題が起こります。

『斎藤茂吉短歌合評』（土屋文明編、明治書院）という大冊があります。上下二巻に分かれ、一四五〇ページにもわたる厚さで、茂吉の歌について「アララギ」の同人たちが合評をしているものです。掲出の一首については、近藤芳美が「茫々としたいのちのはての世界を私たちに伝える作品である。『いつしかも日がしづみゆき』は無論この場合事実の表現であろうが、下半の句と重なりながら何か象徴的なものを感じさせる」と言い、柴生田稔《しぼうたみのる》は「この時期の作者の状態を思うと歌が出来るというのが不思議なくらいで、つまり只作歌機能だけが働いていたというような感じをうける。そうした極限の世界を写し出した歌というものは古来かつてなかったものであろう」と言っています。

いつしか日が沈もうとしている。それを見ていると、「おのづから」自らの命も「きはまるらし」くも思われると言うのである。大きな落日と、自らの命終を感じ取っている大歌人、ちょっとできすぎた感も伴う一首ですが、この声調の重厚さはさすがに茂吉のものと思い、かつそれが最後の歌に結実したことをさすがと思わざるを得ません。

個人的には、妻の河野裕子が最後に遺した一首、「手をのべてあなたとあなたに触れたきに息が足りないこの世の息が」（『蟬声』）をはじめとするいくつかの歌を取り上げて、歌人が最後まで歌を作り続けるとはどのようなことかについて書きたい思いを禁じえませんが、それはすでに『現代秀歌』の最後のところで詳しく書きましたので、ここでは省かせていただきます。お読みいただければうれしく思います。

私は、これまで「死ぬまで歌を作り続けてきた人を歌人と呼びたい」と繰り返してきました。歌を作ることは一時だけの仕事でも楽しみでもないと思っています。自分の生涯にわたる時間を、作品として言語化する営み、それが歌人として作歌をするということだと思うからです。

斎藤茂吉は言うに及ばず、この本に挙げた多くの歌人は、歌人として生きただけでなく、歌人として死んでいった、言い換えれば最後まで歌を作り続けた人々でした。その人たちの生涯の時間が歌として残ることは、彼らにとって大きな喜びであるに違いありませんが、いっぽうで、後の時代を生きる私たちがそれらの歌を読むという行為を通じて彼らの生涯を辿《たど》ることができることもまた、大きな喜びに違いありません。

おわりに

平成二五（二〇一三）年四月より二年間、ＮＨＫ Ｅテレの番組「ＮＨＫ短歌」の選者を務めることになりました。選者には、短歌テキストに毎月のエッセイを書くことが求められています。

私は一〇年前、二〇〇三年からの二年間にも同じ番組を担当したことがあります。その時の連載をまとめたものが後に『ＮＨＫ短歌　作歌のヒント』として出版されました。そこでは、歌を作るときに、先輩のちょっとしたヒントがあればぐんと作歌力がアップするものだという自身の経験から、作歌の現場のさまざまの表現上の問題について、例を挙げながら解説し、論じたのでした。幸い好評を得たようで、このたび『ＮＨＫ短歌　新版作歌のヒント』として同じくＮＨＫ出版から新版が出ることになりました。

今回担当の二年間に私が連載したエッセイの通しタイトルは、「時の断面——あの日、あの時、あの一首」。サブタイトルからおおよそわかるように、人生時間の、何か特別の日、特別の時間に生み出された「あの一首」を取り上げたいという意図がありました。

人生の時間は、俯瞰《ふかん》的に見れば、誰にもおおよそ同じような時間が流れてゆくものですが、そんな時間の個々の様相は、百人いれば百様の異なった経験として現れてきます。このまったく違った顔をもって、同じような局面が出現するという、まさにそのことこそが小説や物語といった文学作品に私たちが引き込まれる基盤であるはずなのです。そして、私たち日本人に体験可能な、その多様性の最たるものが、短歌という詩形式に表現されていると言ってもいいでしょう。

私も同じような経験をしたけれど、その時の状況はまったく違っていたとか、私はまったく違った感想をもったとか、ほかの作者の作った短歌作品を、いつも自分の〈その時〉と比較しながら読むことができる。歌はそのような〈自己の体験〉との参照という作業のなかで読まれるものです。だから身を入れて読むことができる。他人事ではないのです。

私たちは人生の時間のなかで、さまざまな困難や悲しみ、悔い、そして苦痛に対面します。そして同じくらいの数の喜びや笑い、充足感や幸福を感じるのかもしれない。しかし個人の体験できる経験とその受容の仕方はたかがしれたものであるはずなのです。自分では体験できなかった、あるいはしなかった別の体験は、ほかの人の短歌を読むことで知ることができる。大切なことは、自分ならそうは感じなかっただろうとか、自分ならそんな行動はとれなかっただろうという、別の切り口があることを知ることなのではないでしょうか。

私たちはたかだか八〇年とか一〇〇年とかの時間を生きる存在にすぎません。経験の幅もおのずから限られたものになるのは止むを得ない。しかし、文学、なかんずく短歌作品を読むということは、実人生の何倍もの時間と体験を私たちに与えてくれるものであるはずなのです。それが人生の時間を豊かにしてくれないはずがない。

さまざまの困難の前でどうしても対処の仕方が見つからない時があるでしょう。出口が見つからず茫然とする時もあるでしょう。そんな時、同じような局面で、自分とは違った感じ方、捉え方をしている歌に接することは、一歩前に踏み出すことを躊躇っているあなたの背中をそっと押してくれるはずです。生き方のヒントを与えてくれると言っていいのかもしれない。

私は、近代から現代へかけての多くの歌を読む機会が、一般の人よりは多くあると思っています。また投稿歌の選を通じて、こんなにも多様な感性と受容の仕方があるのかと、日々驚くことが少なくありません。そんな場所にいられることをなにより幸せなことだと思っています。限りある自分の人生時間を何倍にも増幅し、享受する機会を与えられているのですから。

そんなある種の幸せを、読者とも共有したいと願うところから、この連載が始まったのかもしれません。


本書で取り上げた歌は、これまでの先人たちが残してくれた膨大な作品の、ごくごく一部にすぎません。歌集として作品を残した歌人に限ってもその何万分の一にすぎないでしょうし、歌集などとしては残っていないけれども新聞雑誌などへの投稿をしている歌人の作品についてはここでは触れることができませんでした。

この本では、私自身の作品を多く引用しながら話を展開することになりました。『NHK短歌』のテキストを書く時に、自分の作品を必ず一首は挙げてくださいと言われたことによりますが、こうして一冊にまとめることになって、そのことがおのずから自分を語りつつ、人生の時間を語ることにもなったように思います。私自身の経験や体験を多く織り交ぜることになってしまいましたが、それをも併せて、私が短歌にどのような意味を見出しているかを感じ取っていただければありがたいと思います。

本書はあくまでアンソロジーの域を出るものではありません。ここで紹介した歌の数々は、あくまできっかけというにすぎません。ここで取り上げた歌のどれかに共感するものがあれば、次にはぜひその作者の歌集を読んでみてください。そこにはここに紹介したよりははるかに幅のある、そして奥行きの深い世界が展開されているはずです。歌の本当の良さは、その作者の時間に沿って読むという作業のなかでこそ体験されるものなのです。本書がそのきっかけになればと願っています。

月々の『ＮＨＫ短歌』の連載にあたっては、ＮＨＫ出版の永野美奈さんのお世話になりました。締切りにルーズな執筆者の担当になり、永野さんの寿命を幾分か縮めたのではないかと危惧しています。また単行本としての出版に際しては、同じくＮＨＫ出版の山北健司さんのお世話になりました。山北さんの爽やかな熱意に自身の何かが反応して、このような短期間のうちでの出版に漕《こ》ぎつけたのだろうと思っています。感謝したいと思っています。

二〇一五年二月一日

永田和宏

坪野哲久（つぼの てっきゅう）………133
寺山修司（てらやま しゅうじ）………75
【な】内藤定一（ないとう さだいち）………215, 216, 228
中島榮一（なかじま えいいち）………83
中城ふみ子（なかじょう ふみこ）………23
長澤一作（ながさわ いっさく）………126
永田嘉七（ながた かしち）………195
永田和宏（ながた かずひろ）………12, 14, 49, 67, 88, 97, 98, 107, 128, 131, 142, 143, 164, 182, 195, 202, 203, 210, 237
永田　紅（ながた こう）………34, 63, 142
永田　淳（ながた じゅん）………142, 144, 168
中村草田男（なかむら くさたお）………61
成瀬　有（なるせ ゆう）………81, 200
【は】橋本喜典（はしもと よしのり）………80
馬場あき子（ばば あきこ）………78, 183, 184
福島泰樹（ふくしま やすき）………47
藤原定家（ふじわらの さだいえ）………51
辺見じゅん（へんみ じゅん）………138
【ま】前川佐美雄（まえかわ さみお）………211
前田康子（まえだ やすこ）………104
前田夕暮（まえだ ゆうぐれ）………74
松田常憲（まつだ つねのり）………69
松村由利子（まつむら ゆりこ）………115, 117
道浦母都子（みちうら もとこ）………47
御供平佶（みとも へいきち）………55, 56
宮　柊二（みや しゅうじ）………155, 156, 181, 206
宮　英子（みや ひでこ）………186
宮地伸一（みやち しんいち）………205
武川忠一（むかわ ちゅういち）………53, 54
村木道彦（むらき みちひこ）………29, 30
森岡貞香（もりおか さだか）………140, 242
【や】山本友一（やまもと ともいち）………52, 178, 209
与謝野晶子（よさの あきこ）………99, 101
吉川宏志（よしかわ ひろし）………26, 95, 96, 111, 112
吉野秀雄（よしの ひでお）………245
米川千嘉子（よねかわ ちかこ）………68, 77, 78, 104
【わ】若山牧水（わかやま ぼくすい）………22, 129

黒木三千代（くろき みちよ）………187
桑原正紀（くわはら まさき）………226, 227
小池　光（こいけ ひかる）………166, 220
河野愛子（こうの あいこ）………169
小島ゆかり（こじま ゆかり）………221
小高　賢（こだか けん）………154, 222
五島美代子（ごとう みよこ）………105
小中英之（こなか ひでゆき）………39
近藤芳美（こんどう よしみ）………109, 162
今野寿美（こんの すみ）………26, 105
【さ】
三枝昻之（さいぐさ たかゆき）………32, 33
齋藤　史（さいとう ふみ）………217, 223
斎藤茂吉（さいとう もきち）………52, 179, 234, 249
坂井修一（さかい しゅういち）………18
坂田博義（さかた ひろよし）………40, 93
相良　宏（さがら ひろし）………191
佐佐木幸綱（ささき ゆきつな）………18
佐藤南壬子（さとう なみこ）………170
澤村斉美（さわむら まさみ）………110
志垣澄幸（しがき すみゆき）………71, 72
篠　弘（しの ひろし）………35, 36, 160, 161
島木赤彦（しまき あかひこ）………145, 147
清水房雄（しみず ふさお）………208
清少納言（せいしょうなごん）………180
【た】
田井安曇（たい あずみ）………45
高野公彦（たかの きみひこ）………62, 149, 152
高安国世（たかやす くによ）………31, 93, 127, 148
滝沢　亘（たきざわ わたる）………193
竹山　広（たけやま ひろし）………240, 241
玉井清弘（たまい きよひろ）………172
田村　元（たむら はじめ）………118, 119
田谷　鋭（たや えい）………119, 120
俵　万智（たわら まち）………20, 70
築地正子（ついじ まさこ）………185
塚本邦雄（つかもと くにお）………37, 38, 237
筑波杏明（つくば きょうめい）………54
土屋文明（つちや ぶんめい）………130, 176

索引（作者名）

50 音順。本文中の引用歌を含む頁を示す。

【あ】

在原業平（ありわらの なりひら）………235, 236
安立スハル（あんりゅう すはる）………135
筏井嘉一（いかだい かいち）………126
石川啄木（いしかわ たくぼく）………190
石橋秀野（いしばし ひでの）………194
伊藤一彦（いとう かずひこ）………97
犬飼志げの（いぬかい しげの）………239
上田三四二（うえだ みよじ）………134, 197, 201, 246, 247
江戸　雪（えど ゆき）………149
大島史洋（おおしま しよう）………94, 158, 222, 224
太田水穂（おおた みずほ）………211
大橋智恵子（おおはし ちえこ）………172
大松達知（おおまつ たつはる）………91, 92
岡井　隆（おかい たかし）………15
岡部由紀子（おかべ ゆきこ）………231
落合京太郎（おちあい きょうたろう）………124
小野茂樹（おの しげき）………238

【か】

影山一男（かげやま かずお）………117, 118
柏崎驍二（かしわざき きょうじ）………163
春日井　建（かすがい けん）………198, 199
加藤治郎（かとう じろう）………17
川口美根子（かわぐち みねこ）………17
河野君江（かわの きみえ）………141, 142, 212, 213
河野裕子（かわの ゆうこ）………24, 25, 85, 87, 101, 103, 104, 106, 107, 141,143, 250
清原日出夫（きよはら ひでお）………43, 44, 113
草田照子（くさだ てるこ）………229, 230
葛原　繁（くずはら しげる）………76
国崎望久太郎（くにざき もくたろう）………53
窪田空穂（くぼた うつぼ）………145, 147
栗木京子（くりき きょうこ）………20, 65, 113, 224, 225

永田和宏 ながた・かずひろ
1947年、滋賀県生まれ。歌人、細胞生物学者。
京都大学名誉教授、京都産業大学名誉教授。
JT生命誌研究館館長。
高安国世に師事し、「京大短歌会」「塔」会員に。
1992年より2014年まで「塔」主宰。2009年、紫綬褒章受章。
主要歌集に『饗庭』(砂子屋書房、若山牧水賞・読売文学賞)、
『風位』(短歌研究社、芸術選奨文部科学大臣賞・迢空賞)、
『後の日々』(角川書店、斎藤茂吉短歌文学賞)など。
そのほか『NHK短歌 新版 作歌のヒント』(小社刊)、
『近代秀歌』、『現代秀歌』(以上、岩波新書)、
『歌に私は泣くだらう――妻・河野裕子 闘病の十年』(新潮文庫、
講談社エッセイ賞)などの著書がある。
現在「朝日歌壇」選者、宮中歌会始詠進歌選者。

NHK出版新書 456

人生の節目で読んでほしい短歌

2015年3月10日 第1刷発行
2022年4月5日 第7刷発行

著者 永田和宏
発行者 土井成紀
発行所 NHK出版
〒150-8081東京都渋谷区宇田川町41-1
電話 (0570) 009-321 (問い合わせ) (0570) 000-321(注文)
https://www.nhk-book.co.jp (ホームページ)
振替 00110-1-49701

ブックデザイン albireo
印刷 壮光舎印刷・近代美術
製本 二葉製本

Printed in Japan ISBN978-4-14-088456-0 C0292

NHK出版新書好評既刊

生物に学ぶイノベーション
進化38億年の超技術
赤池 学
真正粘菌からハダカデバネズミまで、生物たちの超技術はイノベーションの先生だ。生物進化の不思議を読み解きながら、「新発想のヒント」を記す。
440

人生に迷わない36の極意
プロフェッショナル 仕事の流儀
NHK「プロフェッショナル」制作班
イチロー、井山裕太、宮崎駿……彼らはどうやって一流になったのか？ 自らを奮い立たせた珠玉の言葉を紹介。人生を切り拓く、極意とヒント！
441

日本霊性論
内田 樹
釈 徹宗
東日本大震災後、問い直された日本人の宗教性。思想家・武道家の内田氏と僧侶・宗教学者の釈氏が、各々信ずる道から「こころ」の問題を論じる。
442

媚びない力
杉 良太郎
下積み時代の屈辱の体験、芸能界の荒波を乗り切る知恵、福祉活動の真実……芸能界デビュー50年を期に、媚びずに生きる術を説く。
443

日清・日露戦争をどう見るか
近代日本と朝鮮半島・中国
原 朗
日清・日露の本質はどこか。朝鮮半島・中国との関係を中心に近代日本の戦争を大胆に読み直す。日中韓の歴史問題の原点が理解できる一冊！
444

逆転の英文法
ネイティブの発想を解きあかす
伊藤笏康
お決まりの和訳から距離をおこう。発想ごと逆転させよう。すると英語の本質は自ずと見えてくる！ 楽しみながら通読できる、新感覚の英文法書。
445

SU